美女入門

林 真理子

角川文庫
12391

美女入門　目次

マリコストリート・リターンズ

美人のつくり方

美人礼賛

美女入門

イラスト＝著者

マリコストリート・リターンズ

お久しぶりです。

まず若い読者に、昔のことをちょっとお話ししましょう。「アンアン」にこのコラムページが出来たのは十四年前、私の連載が初めてである。「南青山物語」「マリコ・ストリート」と続いたコラムはとても評判がよく、おかげさまで私は、

「『アンアン』を後ろから開かせる女」

と異名をとったもんさ。私の相棒といおうか、疑似恋人の役割を果たしてくれた編集者のテツオは、全国的な人気者となりどこへいってもモテモテだったそうだ。あれから歳月は流れ、恋多き女だった（？）私もついに人妻となった。けれどもミーハー精神といおうか、フットワークの軽さはあんまり変わっていないつもり。テツオは相変わらず独身のま

女優さん
私の方が2メートル前にいるようであるが、実は同じ位置に立っている

ま、私が離婚するのをひたすら待っている（ウソ）。ハンサムで有名だった彼は、年をくった分ますますよくなった。派手なイタリアン臭が抜けて、じっくりと渋くおしゃれな男になったじゃないの。しかしもう若い人の中で、テツオの名を知る者は少ない。

ところで話は突然変わるようであるが、このあいだまで、「アンアン」でこのコラムを書いていた柴門ふみさんが最近めっきりキレイになった。もともと目鼻立ちの整った人だったが、この頃着るものもメイクもぐっとあかぬけてきた。流行のものをさらりと着ている。

「テツオさんのおかげよ」

と彼女は言う。

「『アンアン』の連載が始まった時思ったの。これからテツオさんにいろいろ教わって、うんとおしゃれになろうって」

まず美容院を、テツオいきつけのところに変えたそうだ。シャギーを入れたショートに、赤いメッシュをかすかに入れてカッコいいぞ。いいな、いいな、と私は思った。やはり「アンアン」とテツオの威力はすごい。女の人をこんな風に変えることが出来るんだ。頼まれていた連載を私もやることによって、ちょっと変身することが出来るかしらん。

この年になって私はつくづくわかった。女はキレイじゃなければダメ。キレイじゃなければ生きていたってつまらない。このキレイというのは、何も生まれついての美人というわけじゃないんだ。センスを磨き、腕を磨き、体も磨いている女のことを、私はキレイなコと呼ぶ。思えば私の人生は、キレイになりたい、男の人にモテたいという、この二つのことに集約されているような気がするのだ。結婚する前はずうっと思っていた。夫が出来たら、モテたい、男の人からちやほやされたい、などという考えがすっかり無くなるだろうって。ところがそんなことは全くなかった。結婚していても、ステキな男の人のことは気になるし、その人から好意を持ってもらいたいと思う。その人が別の女の人に声をかけたりすると猛烈に腹が立つ。が、結婚しているというのはいいもので、

「私がヒトヅマだから、デイトに誘ってもらえないんだわ。そうなのね、そうなのね」

と納得する理由が出来て、少し精神衛生上いいかもしれない……。

私はこの何年か、洋服の好みや髪型がややコンサバになっていた。ターゲットとなる男性たちの好みに合わせたためである。ニューヨークのアウトレットショップで安く買えたせいもあるが、かの野村沙知代さんご用達のヴェルサーチのスーツを着たこともある。何年かぶりにシャネルも着た。髪をブリーチし、美容院でブロウしてもらっていた髪にヴェルサーチを着ると、どう見てもおミズ系になる。私は結構おミズ系もいいかなーと思ったりしていたのであるが、これがえらく評判が悪かった。

「あんた、とにかくオレの美容院へ行けよ」

とテツオに強く言われ、彼の行きつけの店で髪を切った。上品なウルフカットといおう

か、そう、かの黒木瞳さんと同じスタイルである。

「わっ、ハヤシさん、いっぺんに髪が少なくなった感じ」

と言ったのは私の秘書である。これはいいとして、まるで「戦争孤児みたいな髪ね」と言った友人がいて、これには激怒した。

「これは最新の髪型なのよ。あんたみたいなダサいおばさんファッションの人なんかにはわからないのよッ」

と人前で怒鳴り、まぁまぁとまわりの人から止められた。

私はこの頃、書いた小説〈編集部注：「不機嫌な果実」〉がテレビ化、映画化されることになり、記者会見や取材に忙しい。女優さんと並んでよく写真に撮られる。髪も切ったし、少しはカッコよくなっているかしらと期待を持って眺め、私は愕然《がくぜん》となる。なに、これ、私の顔って彼女たちの一・五倍あるではないか。顔のありようがまるで違う。何がいけないの、何が原因なのと必死で考える私。相手は女優さんじゃないか、張り合うなんて間違ってるなどと決して思わない。ネバー・ギブ・アップ！　私は諦《あきら》めません。日夜考え、日夜悩み、苦しまない程度に努力する。それが私。どうぞよろしく。

ブルーの皿の想い出

私の家の居間の片隅には、ダンベルとか、ダイエットベルトといった、私の過去の戦いの残骸《ざんがい》が置かれている。これについて、皆さん見て見ないふりをしてくれているのであるが、あのブルーのお皿だけは質問が飛ぶ。

「あれ、買おうと思ってるんですが、本当に効きますかねえ……」

何度尋ねられたことであろうか。このブルーの皿というのは、詳しい名称は省くが、腹筋の時に腰にあてるやつである。

「これだと腰も痛めず、最高ですね。ラクラク腹筋が出来ます」

と外国人が宣伝している、通販で買う健康商品だ。けれどもこのお皿はまことに安定が悪く、腰がふらふらしてしまう。

そんなわけで私は腹筋運動をただちにやめ、そのお皿はうちの居間の片隅にガラクタのひとつとして置かれることになった。

「あんたはね、一応努力はするんだけど、いつも三合めで終ってしまうんだよね」

どテツオが言う。

「一生に一度ぐらい頂上までいってみろ」

正しい指摘である。私は日頃の生活態度、そして精神の持ちようを大いに反省した。しかし最後に、責任を他人になすりつけるのは私の常である。

「私って友だちがいけないんじゃないだろうか」

類は友を呼ぶ、と言うが、私は美容に関してうんと努力したり克己心の強い女性が苦手である。二人でダイエットを誓い合っても、

「ま、いいか」

というひと言で、一緒に焼き肉を食べに行ったりする友人ばかりだ。みんな結構仕事では根性がある女ばかりなのであるが、元が元（失礼）なので、美しさということに関しては実に甘い。自分にも甘いが、他人にもすごく甘い。いや、甘いというよりも他人が成功するのは許せない。絶対に蹴落《けお》としてやろうと考えるようだ。

「デザートやめとくわ」

「ダメよ、絶対にここのケーキは食べなきゃ」

「ダイエットしてるんだもん」

「明日からすれば。ねえそうしなさいよ。今日はおいしいものいっぱい食べて、明日からはうんと頑張るのよ」

こういう友人と一日おきに会っていれば、どうして私に「明日」が訪れようか。

そんなある日、私はたまたま仕事で山咲千里さんにお会いした。私はかねてより、彼女にものすごく興味を持っていた。彼女こそ女の中の女、女のプロフェッショナルといってもよい。美しさということに対し、道を極めようとしているのである。本人は否定していたが、貢ぐ男の人がいっぱいいても当然だと思う。こういう女性に対し男性はオスとしての見栄《みえ》と頑張りがフル回転するのではないか。

果たしてお会いすると、その美しいこと。女優さんにも二通りあって、「サギ師！」とつぶやきたいほど画面に出ている方がずっと綺麗《きれい》な人がいる。このあいだすれ違った女優の〇〇〇〇（ピッー！）なんか、顔中吹き出物だらけでガリガリに痩《や》せてんの。そこへいくと千里さんは信じられないほど綺麗な、陶器のような肌をしている。切れ長の目に巧みなアイライン、口紅の色も素敵《すてき》。神さまがうんと注意深くつくり上げたものを、本人がさらに努力して磨きをかけてるんだからすごい。

「あの、ウエストを細くしようとして、肋骨《ろっこつ》を一本抜いたって本当ですか」

私はかねてからどうしても聞きたかったことを質問した。

「本当にそういう噂、どこから出るんでしょうか」

眉《まゆ》ひとつ動かさずお答えになったが、その顔がまた綺麗なの。端整なのだ。

「ハヤシさん、今度一緒に飲みましょう」

と電話番号を交換して別れたのであるが、その夜さっそくお電話をいただいた。

「今日はとっても楽しかった！　ハヤシさんこれから仲よくしましょうね」

私が狂喜乱舞したのは言うまでもない。喜びついでに、仲よしの友人に電話し、こんなことを口走った。

「私の今までの人生の、いちばん大きな間違いはね、あんたみたいなモテない女と長いことツルんでたことだわッ、私は今日から山咲千里ちゃんと仲よくする。そしてゴージャスで美しい女の生き方を学ぶのよ。もう明日からの私は変わるのよッ」

「あの、私も仲間に入れて……」

「ダメッ」

もう普通の精神状態でない私はこうわめく、

「私はあんたのそういう姑息《こそく》なところが嫌いになったのよ。もう私はあんたとは違う世界の人なのよ」

が、あれから半月たち、私は相変わらず彼女と仲よくツルんでいる。千里さんには会うことがない。なぜならあのような方とおつき合いいただいても、私が下女になることは目に見えている。三合めの女には、分相応の友人というものがあるのだ、とあのブルーの皿を見るたびにそう思う（注・後から人に聞いた話であるが、山咲さんは肋骨問題に大層お怒りになったということだ。やはり美人と仲よくするのはむずかしい）。

マリコ式ファッション再生術《リサイクル》

買い物好きの私といえども、シーズンごとにお洋服をぜーんぶ新しくするなどということはあり得ない。昨年のものを取り出して、どうやったら今年っぽくなるか、あれこれ思案するわけだ。
去年の秋、偶然のこととはいえ茶色のベロアのジャケットを買った。ところがそれは今年の必須《ひっす》アイテムである。これまた偶然であるが、パリのプラダで、パープルのニットも買ってある。言うまでもなく流行色である。こういう風に、買ってあるものがどんぴしゃりと決まると苦労はないのであるが、頭をひねるのが、一年という歳月によって何とはなくみすぼらしくなってしまうものたちですね。
ぶっといヒールのミュウミュウの靴は、果たして生き残れるのであろうか。ひと頃、ビタミンカラーとかいって持てはやされた鮮やかな色は……？

まあ、たいていの人がそういうことをするであろうが、私は鏡の前でコーディネイトごっこをしてみる。私はうんと昔に、四角い業務用の鏡を買って、十数年以上愛用しているのだ。この大きな鏡だと、上から下までちゃんと映る。が、まだ油断はならない。今度は玄関へ行き、靴を履き、壁にはめ込まれた鏡で最後のチェックをする……。

とここまで書き、我ながら恥ずかしくなってしまうではないか。努力している割には、私のコーディネイトはいまひとつ決まらない。まわりのおしゃれな人とか、ファッショナブルな人たちと比べてみると、アカ抜けてないのは歴然としている。これはひとえに、私のだらしない性格によるところが大きい。

「そうだ、このあいだ買った茶色のブラウスと合わせよう」

と思っても、クリーニングに出していないことがある。それよりも問題なのは、私の体重の増減の激しさであろう。私はちょっとダイエットの手をゆるめると、すぐに五、六キロ太ってしまう。

つい先日のこと、原稿を取りに来たテツオが、私を見て珍しく誉めてくれた。

「おっ、ノータックのパンツが決まってるじゃん」

その時私は、お腹のへんにちゃんとタックが入っている三年前の古いパンツをはいていた。が、どうも左右にひっ張られてそれが消えていたらしい。

「すげえ体型……。古いパンツも最新のやつに変えるんだから」

とテツオは感心したり、驚いたりしていた。

ま、こんなことは自慢にならないのであるが、私もそれなりに頭をひねり、何とか細くしようとウエストもひねっているわけだ。が、人には生まれついてのセンスというものがある。中でも天才的なおしゃれなセンスを持っているのが、スタイリストという職業の人たちだ。

ほんのちょっとの差し色の工夫、コーディネイトの妙、流行のつかみ方というのは、プロならではであろう。

私は仕事柄、撮影される機会が多い。そんな時よく、

「スタイリストをつけましょうか」

と聞かれるのであるが、私はいつもこう答える。

「芸能人じゃありませんから、私は私の服を着てきます。センスが悪いなら悪いで、それは私の個性ですから」

ただし、アンアンの撮影は別。なぜならテツオが、私のコーディネイトを許さないからである。が、よく私のことを知っているスタイリストの平澤さんが、私の手持ちの服や、私のいきつけのブランド、ダナ・キャランから選んでくれているので、イメージはいつもの私とそう変わっていないはずだ。

さて、十年前ぐらいまで、テレビに出ているタレントさんの洋服は今ほどよくなかった。昔の聖子や百恵さんのドレス、あるいはバラエティ番組に出てくる人たちのワンピースなどを見よ。当時はほとんどスタイリストがついていなかったはずだ。

それにひきかえ、この頃の若いタレントさんはすごい。ついこのあいだ、パリコレやミラノコレクションで発表されたものをすぐに身につけている。プラダやドルガバの最新のものを着て、番組製作発表会や新曲発表会に出てくる。それを上から下まで雑誌社が撮影するから、我々はトレンドがよくわかる仕組みになっている。

が、あきらかにスタイリストさんが上から下まで用意したなあ、と思われる時もとても多い。ご本人が流行の高価なものを着こなせず、ぎくしゃくした表情なのだ。それよりも目につくのは靴だ。若いタレントさんの足元に注目して欲しい。八十パーセントの確率で、サイズが大きい靴を履いているのだ。後ろが一センチ余っている。借りてくるものはモデルサイズだからだ。

靴や洋服をあなどってはいけないんだ。発するパワーを御せるかどうか、自分自身にかかっている。流行のものだとそのパワーはすごい。やっぱりコツコツと、自分で考え、自分で組み合わせるしかないと、私は思ったのである。エライ！

野心というもの

今回は、マジメに仕事の話である。

私は以前からよく話しているとおり、野心を持った女の子が大好きだ。ただしこれには、ありきたりの小細工をつかわないこと、という条件がつく。

例えば、
仕事のためなら、オジさんに手ぐらい握らせてやる。ま、相手次第ならキスも可か……。しかもセクハラなどと騒ぎ立てない。が、最後までさせてしまっては身もフタもない。この加減がわかる女というのはなかなかのものだ。

世の中には、努力をあまりしたくないけど、ナンカ楽しいことをしたいという女はとても多い。書くことは嫌いだけれど、作家になりたい。入社試験は受けたくないが、社員の

編集者になりたい、などと考える女は昔からよくいるが、こういう女はうちでおとなしくしていた方がよい。

露骨な横入りはしない。別の人が貰《もら》うべきチャンスを、オジさん筋に取り入ってちゃっかり自分のものにする女はルール違反である。

などといろいろ書いたが、ちゃんとした野心の条件とは、同性からやがて認めてもらえるというものだ。具体的な名はここで伏せるが、女が何年たっても絶対に許さない、成功した女というのがある。これはやはり後ろにオジさんや横取りの過去がちらつく女たちだ。ふつうにしていても野心を持って階段を上っていくと、いろんなやっかみや悪口が飛んでくる。さらにそこを何段か上らなければ、同性の尊敬はかち得ないのだ。

が、まあ、二十代の女の子たちは、みんな同じようなスタートラインにいて、いろいろ大変である。OLもつらいが、特にしんどいのはフリーランスでマスコミで働く女たち。ここではほんのちょっとした運やコネが、彼女たちの運命を左右するのである。

私のところには、しょっちゅうこういう女性たちがやってくる。インタビュー記事を取りに来るためだ。社員の編集者も多いが、たいていはフリーライターの女性たちである。私はコピーライターをしていたが、時には人のところに取材に出かけた。若い彼女たちの中に、昔の私を見ることがある。

こうしたフリーライターの女性たちのうち、四割ぐらいは、ハヤシマリコなんか何さ、とつっぱっている。肩をそびやかしてこちらに敵意をあからさまにしているから面白《おもしろ》い。

自惚《うぬぼ》れと言われることを覚悟で言えば、後の六割ぐらいは、まあそれなりに私に対して憧《あこが》れめいた気持ちを持っているのではないだろうか。売れないコピーライターから直木賞作家になる、というのは、文章を生業《なりわい》にする女の子にとって、確かにわかりやすいサクセスストーリーであろう。

彼女もそんな女の子のひとりだったようであった。

「今日、ハヤシさんにおめにかかれると思うと、嬉《うれ》しくって嬉しくって胸がドキドキしちゃったんです」

彼女は私に聞いた。今の時代、女はどうやって生きていったらいいのか。女にとってサクセスとは何なんでしょうか。

私はそりゃあ、親切に答えてあげた。私は何だかんだといっても、基本的には女性にやさしい。特に頑張っている女性には、何かしてあげたいと思うところがある。私はうんと心をうち明け、女の野心ということについてこと細かく説明してあげた。

「あのね、女は平地にいるうちは何も見えてこない。そういう人生しか知らない。だけど階段を上り始めると、もっと上があることがわかってくる。すごくつらい。もう降りようと思って平地を見る。だけどもうあのフラットな場所には戻りたくなくなってくる。だから歯を食いしばって上に上らなきゃならなくなるの。すごくつらいし、苦しいわよ。だけどこれが野心っていうものなのよ」

彼女は「なるほど」と何度も頷《うなず》いていたものである。

ところが出来上がってきた原稿を見て、私は本当に腹が立った。赤ペンを入れて直す、というレベルのものではないのだ。文章もヘタなら、私の言っていることをほとんど理解もしていない。それよりももっと重要なことは、私の小説の主人公の名前さえ間違っていたのである。

このレベルの文章で、彼女がフリーライターをやっていることさえ不思議だ。私は忙しいのに、レイアウトの文字数を計算し、全部インタビュー記事を書き直した。

そして間に立った人にファクシミリを送った。

「これはプロの仕事ではありませんと、書いた人に伝えてください」

私は悔しかった。私と彼女とが、心がつながったと思った一時間という時間は何だったのだろうか。私がかなり心を込めて語った言葉は何だったのであろうか。あの嬉しそうな目の輝きはいったい何だったんだ。

野心というのはむずかしい。その大前提として、ふつう以上の才能というものがある。それもなく、これっぽっちの努力もしないで、マスコミの海の中を泳ごうとしている女の子を見るのが、私にはつらかった。最近このテアイが多過ぎる。親切にしようにも、しようがないぞ。

写真は知っている

つい先日、友人四人と小旅行に出かけた。一泊だけの温泉旅行であったが、実に楽しかった。今日、そのうちのひとりが写真を持ってきてくれたのであるが、実に楽しくなくなった。私がうんとブスに写っていたからである。

日本が生んだ名バレリーナ森下洋子さんは、次のような素晴《すば》らしい言葉を残している(確か時計の広告に書いてあった)。

「練習を一日怠けると自分にわかります。

二日怠けるとパートナーにわかります。

三日怠けると観客にわかります」

わーん、私のダイエットの怠けは、はっきりと写真に表れているではないか。私は思う。


この写真を見せたら、「メイクがこの世に存在していてよかったネ…」とテツオはいった。

「ダイエットを一週間怠けると自分にわかる。

二週間怠けると写真にわかる。

三週間怠けると誰にでもわかる」

昨年以来結構うまくいっていたダイエットが、このところ挫折《ざせつ》のきざしにある。お招《よ》ばれの会食と旅行が続いたからだ。写真はどれも顔がむっちり膨れて写っていて、非常に不愉快である。中でも圧巻は、旅館の庭に来た野良ネコを抱き上げている写真であろうか。テラスで朝食をとっていたところに迷い込んできたネコである。野良といっても、人に慣れていて毛艶《けづや》もいい。

「わー、かわいい。一緒に写真撮ってえー」

とか何とか言って、はしゃいで撮ったのがうんのつき。この時私はまだ化粧をしていなかったのである。そこで再びマリコ標語。

「やっぱりよそう、年増の起きたてスナップは」

女というのは意地が悪いから、旅行先で撮った友人のひどい写真を回覧することがある。私も最近それをやったばかり。女友だちと伊豆《いず》に旅行したのであるが、その時の写真を皆に見せてやった。その女友だちというのは、普段メイクとファッションとでフル装備しているのであるが、手を抜く時との落差がものすごいのだ。

「男性が傍にいないから、本日休業！」

といった感じが、寝グセのついた髪やすっぴんの顔に表れているのである。海岸に散歩に行く時も、私は一応ＤＫＮＹのロングワンピースを着ているのに、彼女ときたらトレーナーにジーンズだ。完璧《かんぺき》に〝休日〟状態で、私のまわりの女友だちにその写真は大いにウケた。

ところで実物はそうでもないのに、写真となるとやたらキレイに見える女のコというものはいるものだ。

「このコ、紹介してよ」

と必ず言われるタイプのコだ。そのたびに、

「あのね、このコは本当はそんなによくない」

と言わなきゃならなくて、私がよっぽどイヤな女に思われてしまう。

私がつらつら考えるに、写真映りのいい女のコというのは、顔立ちが派手、ということでもないようだ。かえってケバくなるということもある。それよりも顔の輪郭が整っているという要素が大きい。素人の使うカメラだと、全体的に白くとぶので、多少鼻が低くても関係ない。それよりも笑った時の口もとの愛らしさが肝心であろう。

あるカメラマンの人から聞いたのであるが、顔の下に少しでも白いものがあると、美人度がぐっとアップするというのだ。スキー場でのあの栄光を思い出せばよい。雪の中で撮った写真はたいていの場合、大切な一枚となり、手帳の中にしまわれているはずである。

カメラマンの人がさらに言うには、膝《ひざ》の上に白いハンカチを一枚敷くだけでも他の人と差がつくということだ。

シロウトの私らでもいろいろ苦心しているのだから、女優と呼ばれる人の努力は、それこそ涙ぐましいものがある。カメラ映りを少しでもよくするために、女優さんがいちばん気を使い、ゴマをするのは監督さんやディレクターではなく、照明マンだという。島田陽子さんが照明マンと結婚した時、へえー、有名女優が裏方のジミな人とするんだと驚いたものであるが、映画会社の人に言わせるとさもありなんという感じなのだそうだ。それよりもすごいのは、このあいだかなりの年配の某大女優さんが歩いているシーンを撮った時のことで、二メートルおきに若い照明マンが待機していたというからすごい。女優が歩くすべての時間、下からカーッと強い照明をあてるためだ。これによって、彼女の皺《しわ》やシミはすべて吹っ飛ぶ仕掛けだ。

こんなことをしなくても、十人の照明マンがいなくても、女のコには強い味方がある。それはもちろんラブ。

誰にでも経験があると思うが、最もキレイな写真は彼が撮ってくれたものだ。それも旅行に行った時の、次の日の朝の写真なんか最高である。もちろんちゃんとメイクも済ませているのであるが、ファンデをつけなくても肌はつるつるしているし、チークなんか必要ないくらい。目もキラキラしている。

私の友人で、彼と一緒に旅行して一人で写ったスナップを、見合いの際に使った女がいる。

「だってすっごくキレイに撮れてるし、失恋を無駄にしたくないしィ」

ということであった。

オープンカフェの憂鬱《ゆううつ》

表参道に初めてオープンカフェが出来た時、私はとてもイヤアな気分がしたものである。
私は歩くのがあまりうまくない。小股《こまた》でちょこちょこ進むので「ペンギン歩き」と後ろ指をさされたことさえある。おまけに出っ張り気味のお腹を隠そうと前かがみにもなる。
こんな私が、人がいっぱい座っているカフェの前を通るなんて、まるでいい恥さらしではないか。見せ物みたいだ。
私は当時、青山にあるエステへ歩いて通っていた。帰り道、いったん青山通りの角を原宿の方に右に曲がるのであるが、新しく出来たオープンカフェを避けるために信号を渡る。右側ではなく、左側を歩くようにしたのである。そして向こう側のオープンカフェに座っている人たちに対し、イーッと軽く睨《にら》んだ。

本人たちはどう思っているかわからないが、真ん前のテーブルに陣どっている人たちはとてもえらそうに見える。いかにもけだる気に煙草を吸ったり、お喋《しゃべ》りをしているのだ。心なしかキレイな女の子が多いような気がする。

「何の権利があって、そんなにえらそうに道行く人を見るのよ、本当に感じが悪いったらありゃしない」

ところが右側のオープンカフェが大繁盛したせいで、今度は向かいの左側に同じような店が出来た。おかげで私はとても忙しくなったのである。まるであみだクジの線のように、信号を渡り、道を横切り、オープンカフェの前を通らないようにするのに知恵を使った。

やがて左側のオープンカフェは三つになり、ついに私は観念したのである。

「見るなら見ろ」

と私は胸とお腹を張り、前を横切る。私はご存知のとおり、自意識過剰のヒトだ。が、オープンカフェの前を通る時、ヒトは誰でも自意識過剰になるのではないだろうか。

そして一年もたたないうちに、オープンカフェは表参道ばかりでなく、明治通りの方にも大発生した。

東京に住んでいない方のために説明すると、表参道はご存知のとおりケヤキ並木が続く、広く綺麗《きれい》な道である。しかし明治通りはぐっと狭く、わりと殺風景な通りだ。それなのにここにやたらオープンカフェが出来たのである。

特にパレフランスの一階にある「オー・バカナル」ときたらすごい。このあいだ「ブルータス」が行なったアンケートによると、「在日フランス人がいちばん好きなカフェ」の第一位に選ばれていた。私は家から近いので、ここを利用することが多い。ここは「在席外国人比率」が東京でいちばん高いところだ。金髪や黒人のカッコいい人たちが外のテーブルに座っている。知り合いが来ると、チュッチュッ抱きついたりする。まるでパリの街角にいるみたいだ。このあいだはミナコ・サイトウの本物が、ここに座っているのを目撃した。

さてオープンカフェの座り方であるが、これは本当にむずかしい。オープンカフェは、基本的には好きな場所に座っていいことになっている。考えているよりもずっと平等だ。それでも心のひけめというものがある。

ひと頃のディスコのように、自信のある人たちは前へ前へ進んでいく。私のように控えめといおうか、いまひとつ自信を持てない人は、奥の目立たない席に座る。そしてまわりの席をそれとなく見る。ここは東京中のキレイな女の子が集まっているところかもしれない。秋が深くなってもノースリーブのワンピースを着ていたりしているのだが、それがとっても可愛い。そして可愛い女の子は、たいていカッコいい男の子とペアになっている。だからみんな芸能人に見える。

が、私はある発見をした。ミナコ・サイトウを別にすると、オープンカフェというのは、芸能人、もしくは有名人は行かないところだ。そういう人たちは、もっと密室性のあるところに行くのであろう……と私が言ったら、異議を唱えた友人がいた。三宿のオープンカフェで、芸能人がいっぱい来るところがあるというのだ。このあいだは、彼女がスパゲティを食べていた傍で、キムタクとカオリンが仲よく食事をしていたという。

「すごい、すぐにでも行こう！」

三宿というのは、最新の東京の盛り場だ。世田谷《せたがや》のちょっと不便なところにあるので、車でなくては行けない。そういうところが芸能人に好かれるのであろう。

とはいうものの、そういう店は非常に行きづらい。実は以前、私はその店に偶然入ったことがあるが、お店の人にそれとなく冷たくされた記憶がある。しかしその時私には強い味方がいた。

かの牧瀬里穂ちゃんが、私と同じところで日本舞踊を習っているのだ。お稽古《けいこ》の帰りに私は彼女を誘い、そのお店に一緒に行ってもらうことにした。

そうしたらどうであろう、以前はつっけんどんにメニューを置いたウエイターが、マキセを見るなりこう言ったのだ。

「メニューにないものもちゃんとつくるから言ってね。これはお昼のメニューだから少ないでしょう」

とか何とかやさしい言葉を口にするではないか。

私は知った。オープンカフェも決して平等じゃない。みんなに開けてるようで開けてないんだ。あたり前のことだけど、私はだからオープンカフェが嫌いだ。

私って、何なのさ。

その日私は、ものすごく疲れていた。

肉体的疲労に嫌なことが重なり、もうぐったりして吐き気がしそう。が、一刻も早く家に帰って原稿を書かなくてはならない。

が、どうしてこのままで家に帰れるだろうか。私はタクシーの運転手さんに言った。

「駅前のクエストビルで停めてください」

ここは私がよく行く「ザ・ギンザ」があるところなのだ。何しろ家から歩いて五分という距離にあるため、明日の対談に着ていく服が欲しい時などは、ピューッと走って買いに行くぐらい。

ここは私の大好きなブランドがいっぱい置いてある。プラダ、ダナ・キャラン、アナ・

ホンコンで買った
プラダの靴とバッグ
すごくカワイイ!

スイ、マックス・マーラがずらりだ。私はざっとひととおり見る。そしてプラダのコーナーで、とても可愛いジャケットを見つけた。

プラダというのは、

「いったい誰がこんなものを買うんだ。中学生か！」

と怒鳴りたいほどサイズが小さく細い。が、そのフラノのジャケットときたら、私のためにあると思うぐらいぴったりじゃないの。これにピンクのシルクのブラウスと合わせたら、今年注目のスクール・ガール風よ。

さっそくカードで払い、紙袋を持って店を出た。すると、どうしたことであろうか、さっきの吐き気も頭痛もすっかり消えているではないか。

「買い物こそ私の元気の素、買い物こそ私のドリンク剤」

つくづく思った。もう買ってはいけない、ものの置き場所がない、服やバッグなら充分にあるじゃないかと理性は叫んでいても、体って正直なもんすね。まるで水を与えた花のように、いきいきとしてくるのね。

私は我と我が身がつくづくいとおしくなった。

私は買い物が大好き。欲しいものを手に入れるためにお金を使う、そしてまたうんと働かなくてはならないという繰り返しである。こんなに買い物をしなければ、もっとましなマンションに住めることであろう。が、私はやっぱり買い物が好きなのさ。はっきり言ってブランドにも目がない。

私が嫌いなのは、徹底的にブランド品を嫌悪する女である。ブランド品が好きな女・イコール・見栄《みえ》っぱり、アホ、センスがないという考え方である。

私もそりゃあ、キンキラキンのイタリアものとか、悪ふざけとしか思えないような頭文字入りのパンツ、デザイナーのサインを見せびらかしているベルトや傘なんかは大嫌いである。が、プラダのバッグの可愛らしさや、ジル・スチュアートのワンピースの素敵《すてき》さには文句のつけようがないではないか。

ブランド品にもいいブランド品と悪いブランド品とがある。私のいいブランド品の基準の第一に挙がるのは、マークが小さいことだ。目立つマークほど下品なものはない。さりげなく小さく主張しているものを私は選ぶ。

そして次は、矛盾するようであるが、マークこそ小さいものの、そのブランドとわかる特徴を持っていることね。

いちいち、

「これさ、どうってことなく見えるけどドルガバなのよ、ドルガバ、ドルガバ」

と言わなくてはならないのは、こちらの方もつらい。その点エルメスのケリーバッグなどはまことに理想的である。

昨年のことだ。私はプラダのショップで、ずっと長いこと考え込んだ。白いバッグを買おうか買うまいか、私にしては珍しく本当に真剣に悩んだのだ。そのバッグは透きとおる白い生地に、革でつくった同色の造花がついている。それはそれはかわゆい。が、値段がかわゆくない。七万円もするのだ。が、私は思い切って買いました。この値段のことは、他人《ひと》に自慢するにはあまりにも嫌味《いやみ》。それで夫の前で見せびらかした。

「ね、ね、これ見てよ。プラダの新作で七万円もしたのよ」

「けっ」

夫は言った。

「そんなもん、竹下通りで三千円ぐらいで売ってるのと、どこが違うっていうんだよ」

私は悲しかった。ブランド品というのは人にけなされると魔力が半減するのだ。

私は今度はそのバッグを、おしゃれな友人に見せ、夫の暴言を訴えた。

「ひどいわねえ、この造花の手の込んでること……。こんなの竹下通りで売ってるはずないわよねえ」

そうでしょう、そうでしょうと私はすっかり嬉《うれ》しくなったのであるが、最後に彼女はこう言う。

「でも七万円はひどいんじゃないかしらね」

私はそのバッグのことがあまり好きじゃなくなって、今年は一度もとり出さなかった。

ブランド品というのは男に似ている。ハンサムでエリートでと、皆が羨《うらや》ましがる条件を持っていればやっぱり嬉しい。けれども、彼の本当のよさがわかるのは自分だけ。彼と釣り合うのも私だけ。私は彼にふさわしい女なのよという自惚《うぬぼ》れが、彼に対しての愛情をますます深くする。

ところがある日、女友だちにけなされるとすっごく気持ちがさめていく。

「そんな価値ないわよ。なんでそこまで尽くさなきゃならないの」

と言われるとだんだんそんな気になっていく。でも、他人にこんなに左右される私って何なのさ。

年増でも、あのハヅキに教えられ

私の若い友人のミカちゃんが、このあいだ十センチのピンヒールを履いていた。流行だ、流行だといっても、ピンヒールを履いている人を見るのは初めてだった。おまけにヴァレンティノのそれは、キリのような細さなのである。私などが履けば、体の重みでたちまちポキッと折れそうだ。ミカちゃんが言うには、奥の方まで甲を入れられるデザインなので、慣れると何でもないんだと。

テッオは、あのピンヒールを見ると、ぞくぞくっとするそうだ。

「SMクラブの女みたい」

と言う。

そう、今回は何の話かというと、このSMの話である。もちろんムチをばしっ、ばしっということではない。精神的ＳＭのことですね。

私は典型的なＭ女である。別になりたくってなったわけじゃない。男の人にモテなかったという長い間のトラウマが、私をこうさせたのである。

私は基本的に男の人に尽くすのが好き。ちょっと冷たくされても、これが私のあるべきポジションかナと、安心するところもある。

男の人におごられるのに慣れていなくて、すぐにお財布を開く。

つい最近、ある男の人に言われた。

「キミみたいな金の使い方をしていると、まず恋愛感情は生まれないよ」

彼が言うには、男はどんな時でも主導権を握りたいものなのだそうだ。それなのに私はおいしい店を選び予約をする。相手に喜んでもらおうと思い、いいワインを選ぶ。そうすると当然のことながら勘定書きが高くつく。私のデイトの相手は、たいてい普通のサラリーマンなので、ちょっと悪いかナアーと思う。そしてトイレに立つふりをして、すみやかに密《ひそ》やかにお会計を済ませておく。

私は二十代の頃からフリーランスになり、小金を持っていた女だったので、こういうことには慣れているのだ。が、喜ぶ男ばかりではない。中にはむっとする人も出てくるようなのである。

「キミね、どんなことをしても男に店を選ばせなさい。そして男に勘定書きを持たせなさい」

彼はそして最後に、しみじみとした声でこうのたまったものだ。

「ハヤシさん見てると、本当に男で苦労してきたんだなあと思うよ」

これは私にとって屈辱の一瞬でした。私の過去は ヒトヅマとなり、夫がいて、世間から多少ちやほやしてもらえる立場になっても、隠せないのね。

恋人に恥をかかせないようにと、テーブルの下でお金を握らせた若きあの日のことは、すぐに見透かされてしまうものなのね。こうして女は次第に卑屈なM女になり、その性質は一生消えないものになるのである。

私はずっと駆け引きということが出来なかった。押す、ということはわかっていても、引くというタイミングが全くつかめない。

こんなことを言っちゃナンであるが、最初は向こうから強引に来た恋愛だって幾つもある。それなのに、いつのまにか力関係が逆転してしまうというのがいつものパターンである。M女であることがバレるのだ。

が、このあいだ柴門ふみさんとの対談で、かの葉月里緒菜さんはこうおっしゃってます。

「恋に駆け引きなんていらない。彼の声を聞きたいから電話をする、顔を見たいから触れたいから会いに行くんです」

これだ！　と私は叫んだ。これこそ恋の本来あるべき姿ではないか、私は間違っていた。

M女であると言いながら、つまらぬプライドを捨てきれなかった私がいけない。

「年増でも、あのハヅキに教えられ」

つまらぬ格言をつくっている場合ではない。

私はこの感動をさっそくテツオに伝えた。

テツオいわく。

「あのなあ……、自分とハヅキとを一緒に考えるなよな。あんたとあの人じゃ、立場っていうもんがまるっきり違うでしょう」

そりゃあ、そうだ。美しく輝いている女優、葉月さんはいま日本一のS女かもしれない(これはもちろん誉め言葉です)。

彼女が望めばどんな男の人だって手に入るであろう。彼女が電話をしてくれれば、どんな男だって嬉しいはずだ。

しかし、私の女の持ち時間はもうわずかしかない。なんとかしてS女に近づくことは出来ないものであろうか。

それには周囲に、それらしい男を揃えておくことも重要であろう。テツオのように、

「あんたさあ、身のほどを考えろ」

とか、

「あんたさあ、そういう色の服着てきていいと思ってんの」

などという男は論外である。

多少魅力がなくても、M男をいっぱい置いとく。私のことを多少憧《あこが》れの目で見てくれている男ですね。大昔の言葉で言えば、メッシー君とかであろう。そして服装も変える。ぺったんこ靴にタイツは、S女っぽくない、ここはやっぱり十センチのピンヒールでありましょう。

私は果敢に挑戦しようではないか。S女になってピンヒールを履く。そして財布を絶対に開かない女になる……。が、私の足サイズ二十四・五センチの十センチピンなんてこの世にあるのか。まずサイズからSにしなきゃならない。

恋の醍醐味《だいごみ》は、別れ際にあり。

私はこのところとても忙しい。

いつも忙しいのであるが、この一ヶ月のハードなことといったら、ちょっと普通ではなかった。私の書いた小説が映画化、テレビ化されるために、地方キャンペーン、各種パブリシティと走りまわっていたのである。おかげでオットはいい顔をしないし、原稿の〆切《しめき》りもたまっていく。中でもいちばん感じ悪く催促するのがテツオである。

「アンタ……、今日、何曜日だと思ってるワケ。アンタのカレンダー、ちょっと狂ってんじゃないの」

こう低い声で脅した後、ちょっと口調がやわらかくなった。

「あのさ、うちのお袋がさ、『ハヤシさん、本当にお忙しそうね。あなた、ご無理なことをお願いしてるんじゃないでしょうね』なんて言いやがんの」

私はすっかり感動してしまった。テツオのママには一度だけお目にかかったことがあるが、さすがハンサムな息子を持つだけあって、美人で上品な方であった。あのママが私のことをそんなに心配してくれているとは……。

「そう、あんたのお母さまと私とは、すごくうまくいくはずだったのよ。すごく仲のいい嫁姑《よめしゅうとめ》になるはずだったのよ。それをひき裂いたのはあんたよッ」

私は怒鳴って、こう最後に締める。

「あんたがさ、私にまるっきりそういう気持ちを持たないからよッ」

ヒヒヒッと私のジョークに低く笑うテツオである。

まあ、テツオとは長いこと〝ジャストお友だち〟であるから、こういう冗談も通じるのであるが、一般的に困ってしまうのが昔の恋人というやつですね。別に困らないか……。

別れた彼と、どうしていろんなところで会ってしまうのだろうかと、みんな思っているわけであるが、少しも不思議ではない。なぜなら、未だに共通のお店とか友人というものが存在しているからである。

以前は、そういう時すぐに〝まわれ右〟をしてみたり、ぎこちない挨拶《あいさつ》をかわした後、感傷にふけったりしたものであるが、今ではもうちょっと前向きになっている私である。

かの渡辺淳一先生は、最近のエッセイでこう書いておられる。男女間に友情というのは、非常に育ちにくい。友だちのまま、男女間のおいしいところを味わおうとする女性が多いが、これはちょっと都合がよ過ぎるというものだ。本当の友情というのは、昔、肉体関係のあった男女に生まれる。もはや恋愛感情はないとしても、本当に相手を思いやる心は芽生えるものだ……といった趣旨だったと思う。

そう、私も年増になってはじめてわかったのである。

「花は盛りのみ楽しむものではない」

古典の時間習った、吉田兼好さんもこんなことをおっしゃっていたっけ。

そう、お互い好き合っている時に、恋愛を楽しむなんて誰にでも出来ることです。じわじわと恋の醍醐味を味わえるのは、恋が終りかける頃であろうか。

あっちの気持ちが醒《さ》めているのがはっきりとわかる。こちらも、もう以前ほどではない。が、気持ちを奮い立たせて、もう一回燃え上がったふりをする。

「絶対に捨てないでね」

とか、普通だったらクサくて、絶対に口にしないような言葉をわざと使ってみる。もう演歌の気分、これがなかなかいいもんです。

それから別れたら別れたで、ばったりと会う楽しみというのもある。相手は必ず女性連れだと想定した方がよいから、こっちも男性と一緒にいたい。その時恋人がいなくても、相手が出没しそうな店に入る時は、適当にみつくろう。こういう時、自分は前よりもずっと綺麗《きれい》でいなけりゃいけない。別れた彼に、惜しい、と思わせたい。こう思って、別れた直後、何ヶ月か女は頑張ることが多い。

さて、別れた直後の男性もいいけれど、もっと深い味わいを持つのは、別れて数年、といったレアものである。私のような年増だと別れて十年なんていう年代ものも出てくるが、アンアン読者の年頃では無理であろう(何をイバってるんだ)。

こういう場合はどちらも結婚していることがほとんどであるから、お互いの配偶者のことなんか何となく話題にはさむ。

「あの時は本気だった」

「オレも」

「どうして結婚出来なかったんだろ」

「どちらも我儘《わがまま》だったんだよ」

なんていう会話も胸をときめかせる。

「本当にアンタって、M女だなあ……」

と私の話を聞いていたテツオが、呆《あき》れた声をあげた。

「フツウ別れた男なんか追うか。美意識ってえもんはないのか、美意識は！」

でも何もないよりは傷つく感じが好き。何もなくカラッと明るく過ごすより、男の人のことでジメッとしていたい。そのためにはたくさんの男の人が必要で、別れた男性にも総動員をかける。こういう風に屈折している欲張りの女に、私はなりたい。

至福の〝個人《パーソナル》メイク〟体験

人気のドラマ「ラブジェネレーション」を見ていてふと思った。

「キムタクって、テツオに似ている……」

もちろんキムタクよりも顔はかなり落ちるし、年もずっと上だ。が、ぶっきらぼうな喋《しゃべ》り方、口の悪さが本当にそっくりなのである。〝並レベル〟の男にあれをやられると、女はむっとするが、ハンサムな男だとぐにゃりとなる。テツオもそれをよく知っている喋り方なんですね。

私はさっそく電話をかけた。

「あのね、あんたってキムタクに似てるかも」

「おう、やっと気づいてくれたか」

その言い方も実に図々しい。

「オレも彼には、常々シンパシイを感じてたんだけど、やっぱり似ているせいだろうな」

だと。

ところで話は全く変わるようであるが、私は今日とても楽しいところへ行ってきた。

パーソナル・ヘアメイクというのだろうか、プロの人が化粧をしてくれ、ついでに写真を撮ってくれるのだ。そもそも雑誌に出たりする時、私の立場は微妙である。アンアンのようなファッション雑誌の場合、

「ヘアメイクの人をつけますから」

と必ず言ってくれるのであるが、普通の雑誌の対談だと何も言ってくれない。芸能人ではないからと、何の配慮もないのである。相手の女優さんなどは、対談場所にヘアメイクの人からスタイリストまで連れてきて一分の隙もない。女優さんという立場上、あたり前のことなのであるが、私としてはやっぱり不利に不利が重なる。

「あんたさあ、同じ土俵に立ってるとは、誰も思ってないんだからいいじゃん」

テツオは言うが、写真が出来上がったりすると、自分が本当に可哀想になってくるの。

先日は某週刊誌で、黒木瞳さんと対談した。あちらはすごい小顔の中に、大きな目と小さな口が配置されている。すっごく綺麗。

私だけなら「個性的」とか言ってくれる人もいる。が、二人並ぶとその差はあまりにも

はっきりと出る。よくあることであるが、顔の大きさが違うから遠近感がいつもより狂って、私だけが2メートル前に座っているようなのだ。

ひどい。悲しい。私はどうしたらいいんだろうか……。

この連載のタイトルは「美女入門」である。少しでも努力して頑張ろう、というのがコンセプトである。私は決して泣き寝入りはしない（何のことだ？）。それでヘアメイクの勉強に出かけることにしたのである。

私も時々プロの方が化粧をしてくれるが、今日私が訪ねたヘアメイクアーティストは、超大物である。女の子だったら、たぶん雑誌で名前をよく知っているはずだ。かの大スター、○○子ちゃんのメイクが変わったのは、彼の手腕によるものと言われている。

そんな方がどうしてシロウトさん相手にヘアメイクをしてくれるかというと、某フィニッシング・スクールの授業の一環なのである。もともと生徒を大勢集めたメイクアップ講座としてやっていたところ、

「一生に一度でいいから、一流のプロに個人的にやってほしい」

という希望者が多く、特別にやってくれることになったのだ。といっても忙しい方だから、この特別メイクは一ヶ月に一人か二人してくれるかどうかということである。私が電話で申し込んだら、ちょうど〝空き〟があると言われた。

さすがに料金が高いが、キレイになるためなら何であろう。私は銀行のキャッシングコ

ーナーへ寄り、スクールへ向かった。

「いいチャンスだから一部始終をビデオに撮ってこい」

とテツオは言うが、やはりそういうわけにはいかない。

まず眉《まゆ》の形を変えてくれた。ぐんとカーブをつける眉である。

「ハヤシさんは顔が丸い。目も鼻も口も丸い。だから顔の中にシャープなものをつくらないと駄目なんですよ」

なるほど、私が黒木瞳さんに負けた理由はそこか(!!)。私の眉は急カーブがつき、顔がまるで変わってきた。目だってすごいぞ。私は目がきつくなることを怖れて、下のラインを入れたことがなかったのであるが、細い茶色をひくようにと指示された。

そしてメイクが終り、その変わり様ときたら皆さんにお見せしたかったわ。別人とまで言わないまでも、私のイトコか妹みたいに若返った。化粧品の番号もメモしてきたので、明日さっそく買いに行くことにしよう。

そして写真を撮ってもらう。私だって嬉《うれ》しくてドキドキしているのだから、普通の女の子はこんな時どんな気持ちなんだろう。

ヘアメイクのAさんはとてもよい人で、ちゃんとつきっきりで見ていてくれる。女優でもタレントでもない普通の女が、見違えるようにキラキラしてくるのを見るのがとても嬉しいんだそうだ。

そんなわけで今日はとても幸せな日であった。私のポラ写真をファクシミリでテツオに送ることにする。

遥《はる》かなり、メイク道

さてプライベートな、メイクアップレッスンを受けた私は、使った化粧品の名前と番号を全部メモしていく。
マックやロラックだと、うちの近くのデパートでも簡単に手に入るのであるが、問題はルミコである。ルミコといったって小柳ルミ子のことじゃない(誰も思ってないか)。ニューヨークで大人気の日本人メイクアップアーティスト、ルミコさんという人がつくった化粧品は発色がよく、今おしゃれなコを中心に大層流行《はや》っているのだ。
私の知っている限り、このルミコが売られているのは池袋西武デパートである。私の住んでいる原宿からはとても遠い。
まあ、それは行けば何とかなるとしても、このコーゲン堂というのはいったい何なんだろうか。超微粒子の白粉《おしろい》のパッケージの裏に名前が書いてあったが、聞いたことがない。

「ああ、これは麻布十番にあるお店なんですよ」

と私にメイクをしてくれたA氏。

「僕も行ったことがないんだけど、探せばどっかにあるんじゃないのかなあ」

麻布十番商店街の中の化粧品問屋なんて、いかにも業界っぽくていいではないか。私はきっとつきとめようと、住所を書きとめておいた。

さてA氏にメイクしてもらった顔で、私はパーティーに出かけた。友人でもおしゃれでセンスある人は、

「わあー、今日はどうしたのォ、すっごくキレイ。ぐっとアカぬけたわよねえ」

と誉めてくれる。が、オバさんコンサバファッションしか知らない友人は、

「何よ、それ。芸能人の真似してるみたい」

などと言う。こんな感想しか持たず、スーツ着て宝石つけてるから、すぐにオバさん化の波はやってくるのだと私は心の中で思った。

さて家に帰って化粧を落とす前に、やっておかなければいけないことが幾つかある。それはまず夫に顔を見せること。

「ねえ、ねえ、私ってキレイ？」

と昔の口裂け女のようなことをつぶやきながら、顔を近づけていく。

「あー、キレイ、キレイ」

テレビの画面を見たまま、全くこちらの方に顔を向けずに夫は言った。ふだんならここでカッとするところであるが、頼みごとがあるのであまり怒らないようにする。

「ねえ、悪いけどポラを何枚か撮ってくれない」

「何するんだよォ」

「眉の形と、リップのひき方を記録しておくんだから」

前髪を両手で上げて、眉の形がよく見えるようにポラロイドを撮ってもらう。唇の形は写真ではよくわからないので、自分で絵を描いておく。鏡を見ながら一生懸命なぞった私の唇は厚くて大きい。昔はものすごいコンプレックスだったのであるが、時代の流れというものはありがたい。今のメイクは、この唇をさらに大きくはみ出すようにして描くのね。

そして私は次の日、さっそく池袋に向かった。西武一階ルミコの売場に行く。手には指名手配のような絵を持っている。これは私が化粧品をメモするために、顔のデッサンを描いたものだ。これを見て店員さんが笑っていた。

ルミコでアイシャドウを三色、ファンデーションを買う。この時わかったのであるが、ルミコブランドは、つい二ヶ月前渋谷西武にもオープンしたそうである。なんだ、なんだ、うちのすぐ近くで用が足りたじゃないの。その後、いろんな売場に行き、ランコムのマスカラ、ロラックのカバーファンデーション、プリスクリプティブのリップなどを揃えていく。

が、ニナ・リッチがどうしても手に入らない。私はいかにもニナ・リッチの化粧品が掲載されていそうな「ミス家庭画報」を立ち読みし、巻末の協力店のリストの中からニナ・リッチの会社名を見つける。そして電話をしたところ、売っているのは銀座か日本橋の三越ということであった。

が、もうそこまで行く元気がない。

私はひとまず家に帰ることにする。

そしてさらに次の日、私は期待と緊張のあまり、いつもよりずっと早く起きてしまった。夫を送り出した後、昨日買ってきた化粧品のパッケージを全部開け、点検する。この幸福感、このわくわくするような気持ち……。全部で二万円足らず、エステを考えれば安いじゃないか。

あの指名手配書をバスルームの壁に貼りメイクをしていく。ニナ・リッチのコントロールカラーがないので、他のもので間に合わせたが、ルミコのファンデはやっぱりいい。するっと肌になじんで、しかも薄くつく。眉を聖子風にぐっと上げ、ルミコのアイシャドウを重ね、ハイライトをつける。アイラインはやめ、マスカラだけで仕上げると、おとといのカッコいい私が出来上がるはずであった……。が、何か違うぞ。私は手配書を見、ポラを確かめ、唇のスケッチを眺めた。が、まるで違う。やはり一流のメイクアップアーティストがやったことを、一日でマスターしようというのは無理であろうか。

が、私はやる。今度の週末はコーゲン堂にも行く。ニナ・リッチも手に入れるぞ。

ところで、あなたも私と同じことを考えてるでしょ。この根性と執念をどうしてダイエットに生かせないのか。問題はそこなのよッ！

二十八日連続お食事会が招いた悲劇

私は今、最低の日々をおくっている。

なぜなら、私の人生の中でも最長の「お食事会連続二十八日」という記録をつくったのだ。

毎晩、フレンチ、イタリアン、懐石、フグ、中華と食べ、三日間の京都旅行ではそれこそ朝からご馳走《ちそう》を食べていた。

もうデブになったのが自分でもはっきりとわかる。前に体が倒せないぐらいお腹に肉がついてきた。

もう悲しいなんていうもんじゃない。このところちょっとダイエットがうまくいっていたというのに、あっという間にたっぷりのお肉がついてしまったのだ。

「私って最低の女……」

ヨヨと泣き伏したいような気分。もう洋服を買うどころではない。それどころか最近のものだって入らないのである。しかも私は昨年の秋、すんごい大物を買っていた。パリのエルメス本店でオーダーした革のジャケットである。ジャーン！

当時の流行に合わせて、ミリタリー調にしてあるが、すっごくカッコいい。実のことを言うと既製品を買おうと試着したところ、胸のところのボタンがはちきれそうになったのである。

「アンタ、案外胸があるんやな……」

一緒に行ってくれた男友だちが、大阪弁のいやらしい口調で言い、私はいささか得意になった。

「そうなのよ、ウエストはぴったりなんだけどさ、胸がいつもきつくてさあ……」

とかなりのホラを吹いた手前、オーダーしなくてはならなくなったのである。

二ヶ月たってパリから届けられたこのジャケットに、アルマーニのノータックパンツを合わせた私を、一目お見せしたかった。あの時が私の華だったかもしれない。今よりずっとマシな体型を維持出来ていたのである。

そう、あれは昨年の秋、女友だちと出かけたプライベートなパリ。おまけに久々のベストセラーが出て、電話で尋ねるたびに増刷がかかり、私はその印税分を買い物につぎ込むという楽しいことをしてのけた。

バーキンなんか二個も買ってしまいました。思えばエルメスのバッグと私とのつき合いは、もう十年以上前からになる。やはりパリの本店でケリーバッグを買ったのが最初だ。だが、すぐに後悔することになる。

まだ若く、おしゃれのレッスンが出来ていない私に、エルメスのケリーはまるっきり似合わなかったのだ。おまけにあのバッグは不便極まりなく、電車の切符を買ったり、タクシー代を払ったりする時にいちいちベルトをはずして開けなくてはならない。私はすぐにわかった。

「そうか、こういうものは運転手つきの車に乗る女性が使うものなのか……。電車に乗ったりする女が持つもんじゃないんだ」

そんなわけで長いことほったらかしにしていたのであるが、その間にすっかり年増になった私は、この三、四年再びケリーを持ったり買うようになった。

高級ブランドがあまり好きではない「アンアン」であるが、エルメスのバッグだけは別のようだ。「いつか持ちたい憧《あこが》れのバッグ」という特集で、四十五万円のケリーバッグが出てきたのにはびっくりした。

が、私は言いたい。四十五万円のハンドバッグを持つ二十代の女の子って、いったいどんなコなんだ。親がよっぽど金持ちか、そうでなければおじさんに買ってもらったとしか考えられないではないか。

このあいだ雑誌を見ていたら、普通の若いOLが、ローンでどうしても欲しかったケリーを買ったと出ていたけど、ちょっと異和感を感じる。四十五万円出したら、プラダのバッグが八個買える。その方がずっと素敵じゃないか。

それに私から言わせると、エルメスのバッグは決して「無理して買って」「大切に使うもの」じゃない。むしろ乱暴に無造作に使うものじゃないかと思っている。

何年か前、スペインで黒いケリーを買った。日本で化粧品を買っている最中、それをウインドウの上に置いたところ、

「すごく年季が入ってますね」

と若い店員さんに感心された。が、実は一年も使っていない時であった。毎日のようにガンガン使い、そこいらの床に置いたところ、すっかりくたびれ果てていたのであるが、私はそうしてこそ初めてケリーの野性味が生きてくると考えている。

よく「パーティー・ファッション」拝見ページで、ドレッシーなドレスにケリーや馬鹿デカいバーキンを持っている若い女のコたちがいるが、あれはどうかなあ……。私はうんとフォーマルな時には、チューリッヒで買ったフォーマルな布のバッグを持っていく。七千円だったが値段は関係ない。おっかなびっくり大きなエルメスバッグを持つよりもずっといいぞ。

この頃エルメスのバッグを持つコツがやっとわかった。それは、

「エルメスだからといって、バッグごときに絶対にえらそうな顔をさせない」

ということなのである。

が、コツはわかったが、最近私はバーキンの重さが肘《ひじ》にこたえるようになった。よってプラダの小さいものを愛用している。年増になってちょっと似合うようになり、何個も買えるような小金も出来たが、その時はバーキンを持つ体力を失くしている。世の中ってうまくいかないものね。

軽いプライド

少し古い話になるが、「SMAP×SMAP」に、聖子が出演したという事実は、我々の間で大きな波紋を巻き起こした。

聖子の手がすうっと伸びて、キムタクの膝《ひざ》に置かれたのを、我々は見逃さなかった。

「キスまでして、図々しいにもほどがある。絶対に許せない」

と、このあいだ聖子のコンサートに一緒に行った友人も憤り、次の日は、どこへ行ってもその話題でもちきりであった。聖子のことを、すごく老けた、という人もいるし、昔とまるっきり変わっていないという人もいた。私に言わせると、額のあたりにやや難点があったかなあという感じであろうか。

それにしても聖子はよく頑張ったと私は思う。はからずも彼女は、年下のカッコいい男に対し、年上の女がどう振るまうかというお手本を我々に示してくれたのである。

まず髪型、ファッションから、彼女は考えに考え抜いた。ブリっ子をすれば女性週刊誌に叩《たた》かれる。何よりも若いピチピチのコたちにかなうはずはない。それで大人っぽいドレスにし、髪はルーズな三ツ編みで少女らしさを出すという演出に落ち着いたのである。ここで胸を大きく開けることを彼女は忘れない。なぜなら、ここのすべすべと白い肌の美しさは三十代のものであって、二十代の女のコはまだ持っていないものなのである。

眉《まゆ》のはね方の角度が、いつもよりも少ないことにも注目すべきであろう。メイクもちょっと薄めにしていた。

そして彼女がいちばん思案したのは、SMAPにどう接するかということであろう。やり方はいくつかあった。わざとはしゃいでみせるというやり方が、まずあがる。

「もお！　うちの沙也加がSMAPの皆さんの大ファンなんですう！　いつも娘と一緒に見てるんですよ。今度はコンサートにぜひ行きたいわ」

という手法はよく年増のタレントが使う手であるが、いかにもオバさんっぽい。この極端な例として、大スターとして振るまうということも考えられるであろう。

マーケティングリサーチをするまでもなく、SMAPの面々というのは、聖子の全盛期をよく知っている。当時十歳になったかならないかの彼らは、「ザ・ベストテン」の一位になる聖子と一緒になり、テレビの前で「野ばらのエチュード」を一回や二回は歌ったであろう。だから、それなりの尊敬を彼らは持っているはずだ。聖子はそれに賭《か》けようとした。

つまり若づくりのぶりぶりの女から、成熟した憧れられる女性として振るまう方が、はるかに賢いと判断したわけだ。これは出来そうでなかなか出来ることではない。なぜなら私ら年増の側に来るということは、もうステージから降りる、勝負をしないということを意味する。もちろん降りるふりをするのであるが、これは女にとってなかなかつらい。

もうかなり昔の話になるのであるが、大学を出た私は、就職することが出来ずプータローをしていた。今思うと不思議なのであるが、もう女子大生ではなくなった自分のことを、私はもうすっかりオバさんだと思っていた。

ところで私は当時から、若い女のコを可愛がるのが好きであった。よってアパートの女子大生たちは、私のことを「お姉さん」と呼び、そりゃあ慕ってくれたものである。が、これはとても損な役まわりである。私と彼女たちとは二つ、三つぐらいしか違っていないのだ。それなのにこちらはオバさんっぽく振るまわなくてはいけなくなってしまう。

彼女たちのところには、同級生の男のコたちがよく遊びにやってくる。自然にグループが出来、私もその中に入れてもらった。中にレベルの高いコがいたのであるが、「年上」「お姉さん」という言葉が、私を縛りつけてしまったのである。

私もあの時は迷った。隣の女子大生と張り合うか、それとも年上の女として超然としているか……。そして私は後者を選んだのである。そうそう、早稲田の男のコとデイトしたことを思い出す。彼は自分の学校の演劇部がやっている公演に誘ってくれたのだ。

「こんなオバさんとごめんね」

私はしきりに謝った。

「クラスメイトもいっぱい来るんでしょう。もしあの女、誰、って聞かれたら親戚《しんせき》のオバさんって言うのよ」

今思うと三つぐらいの差である。三つ、三つよ。なぜあんなに卑屈になっていたのであろうかと今でも悔やまれる。

つまり何を言いたいかと言うとだな、年下の男のコたちに対し、年上の女はこう振るまわなきゃいけないのだ。

「私って一応年上だし、あなたたちとは別のステージで生きてるの。あなたたちがかなわないような、いい男がいっぱいひしめいてるとこよ。でもね、私って魅力的でしょう。あなたたち頑張って、近寄ってくるのは仕方ないわ。その時は私も考えてもいいのよ」

というアピールを、たえず流し続けなくてはいけないのだ。プライドを持ち、泰然としているようでありながら、どこかで隙を見せる。聖子はこれをちゃんとやってのけた。だけどSMAPを後ろに従えて歌うなんていいな、いいな。カラオケで一回これをやれたら死んでもいい……。なんて、いけない。ついプライドを捨ててしまう私。

抜けがけと不倫

この世でいちばん楽しい恋愛の形態は、不倫だという説がある。そりゃそうであろう。おかげさまで私の書いた小説も、ベストセラーになった。不倫というのは、独身の女の子と、妻子持ちの男という組み合わせが一般的であるが、この場合は女の子の方はあまり得をしない。本気になればなるほど苦しむ仕組みだ。揚句の果ては、不倫相手の子どもを焼き殺したようなＯＬだって出てくる。不倫が楽しく、美容効果があるのは主に人妻の場合であろう。私のまわりでも何人かいるが、みんな肌も艶々《つやつや》、ぐっとおしゃれになってエステに行くよりよっぽどいいかもしれない。

私がよく行くエステの先生は、

「とにかく好きな人をつくりなさい」

と言う。

「何も男と女の関係にならなくてもいいの。綺麗《きれい》な格好をして男の人とデイトをする。そして待ち合わせ場所に向かう。その際ちょっと鏡を見る。その間に女性ホルモンが急上昇していくのよ」

と教えてくれた。私はヒトヅマであるが、デイトする男の人は何人もいる。が、本命といおうか、胸がぐっと締めつけられるような男は皆無といってよい。ひとりものすごくハンサムな商社マンがいて、かねてより目をつけているものの、彼は奥さんのことをすごく愛していていつもその話ばかりするからイヤ。

さて不倫は別にして、健全な範疇《ちゅう》に入る恋愛の中で、何といってもいちばん楽しいのは、グループ交際の中の抜けがけというやつであろう。これはミニ不倫といってもよいぐらいわくわくする。グループの中の自分以外の女は、彼の本妻と見たてると話はわかりやすい。本妻たちは彼に対して格別の愛情を持っているわけではないが、人にとられるのをとても嫌う。それをかいくぐってつき合っていくスリルときたら、もうたまりません。

この頃の若い人は、すぐに〝独立宣言〟をして、公認の仲になりたがるが、中には会社関係とか、グループの中に元の恋人がいるとか、複雑な事情を抱えていることがある。なかなか公表出来ない。が、これがすごく楽しい。

二人だけわかる目くばせとかサイン。それより何より楽しいのは、本妻たち、つまり他の女を小バカにする時ですね。

「あの人ったら、あなたのことを好きなんじゃないかナ」

「そんなことないよ」

「ううん、私にはわかる。もしあなたとのことがバレたら、私ってすごく意地悪されそう。こわいわ……」

ナニ、ちっともこわいことなんかない。甘えたりいちゃつく材料にするだけ。もしあなたが逆にグループの中の本妻の立場で、当人二人だけの会話を聞いたら、おそらく憤死することであろう。これについて、私はつらい思い出が多々ある。若い時から常に本妻の立場だった私……。が、愚痴はよそう。

さて、恋をした人なら誰もが不思議に思うことがある。つき合い始めたとたん、その男の評判がやたら耳に入ってくることだ。しかも悪い噂である。

もちろん耳が敏感になっていることがあるだろうが、どうしてこんなことを聞かされなきゃならないんだろうと思うことがやたら起こってくる。

中でもいちばん頭に来るのは、

「私はあの男に口説かれた」

というやつだ。言うまでもなく本妻たちは嗅覚《きゅうかく》がやたらすぐれている。ちょっと怪しいかなあ……と感じたら、ほとんど無意識、無自覚にこれをやってしまうからコワい。

私の友人は、ある男と恋愛関係に陥った直後、あるパーティーで女友だちに会った。その女友だちは、ほとんど唐突にその男の名前を出し、ペラペラと悪口を言い始めたというのだ。

「私なんかまるっきりそんな気がないのにさあ、しつこいの何のって。本当にイヤになっちゃうのよね――」

私の友人はそれ以来、その女友だちのことが大嫌いになったそうだ。

女というのは、他の女を口説いた男のことは絶対に憎まない。それよりも男から口説かれた女のことを激しく憎むのである。本当に困ったもんだ。

私の若い友人の中に、ちょっと可愛い女のコがいる。OLをしていてやたらコンパに顔を出す。彼女は男のコにモテる方なので、いつもカップルになるのは彼女だけなのだそうだ。彼女はたいていの場合、グループの中でピカイチの男の子と仲よくなるのであるが、すぐに飽きてしまうという困った性癖がある。そしてすったもんだがあり、グループは内部分解するんだそうだ。こういうのはもちろんよくない例であるが、グループの中の抜けがけ交際というのは、本当に楽しい。なぜならこれほどはっきりした形で「選ばれた」という形になるのは、他にないからである。

女友だちを騙《だま》し、陰で小バカにし、そしてちょっと悪がったりする。そう、良心の呵責《かしやく》というやつですね。これが大人になると不倫という形になる。私がいつも言ってるじゃないの、障害のない普通の人による普通の恋愛はつまらないって。せめて抜けがけすることによって、大人の味をつけるというのは賢い。

ブロウな私

例のプライベートレッスンを受けてから、飛躍的にメイクがうまくなった私である。会う人ごとに、

「ハヤシさん、お化粧がめっきりアカぬけたねえ」

と誉められる。

おまけにあのプライベートレッスンは、髪をきちんとブロウする、というよい習慣をつけてくれた。髪をブロウする、などというのはあたり前のことではないか、という人がいるかもしれないが、不器用な私にとってこれは長年にわたりとてもむずかしいことであった。美容院でカットするたびに、とにかく手グシでまとまるヘアスタイルでと、いつも注文をつけていた私。が、手グシでまとめようとするのはかなり無理がある。若くてキレイ

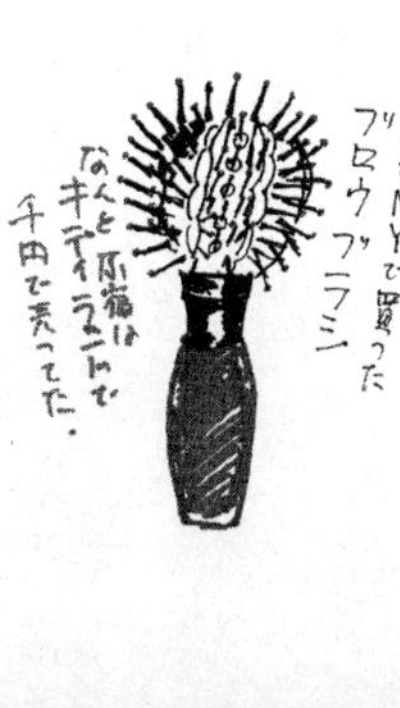
これがNYで買ったブロウブラシ

なコだと「無造作な髪」ということになるのであろうが、私だとただのボサボサ髪。よって対談や取材のたびに、近くの美容院にすっとんでいった。多い時など週に四回通ったことがある。

「ハヤシさん、若い人はプロにカットしてもらえば、後は、ちゃんと自分でブロウしますよ。ハヤシさんもちょっとやってみれば」

と美容院の人にも注意されたぐらいである。私はどうしてこれほどブロウがヘタなのだろうか。思い悩んだ末、ブラシに凝ってみることを思いついた。プロの人が使う一万円もする豚毛のブラシを取り寄せてもらったこともある。が、これもうまく使いこなせない。手首をくるりと返して、ブラシを巻き込むという動作が出来ないのだ。ブロウを日常的にやっている人は信じてくれないかもしれないが、美容院の鏡に向かっている最中私は目を凝らし、美容師の人の手つきを観察する。すると不思議、髪の表側をすくっていたブラシが、アッという間に裏側に入り込んでいる。いったいどうしてあんなことが出来るのだろうか。〝ブロウ処女〟の私は、すっかり悩んでしまったほどだ。

去年の二月、私はニューヨークにいた。あそこに行くと私は、ドラッグストアへ寄るのを楽しみにしている。あちらのドラッグストアは、日本のマツモトキヨシのようなもので面白《おもしろ》く可愛い小物がいっぱいあるのだ。

私はそこで口紅のプリントがついた化粧ポーチを買い、日本では売っていない化粧品をあれこれいじっていた。その時ガラスケースの上のビデオが、アイデア商品のブラシの宣伝を流していた。画面の中では私と同じように不器用そうな女が出てきて、髪をブラシにひっかけて泣き出しそうな顔をしている。

「あなた、毎日のブロウでお困りになっていませんか。ほら、あなたのために全く新しいブロウブラシが誕生しました」

というようなことをナレーションは告げていた。そのブラシはなんと円球をしていて、すべての面にクシの歯がついている。つまり手をひっくり返さなくてもうまくブロウが出来るわけだ。千円ぐらいの値段だったので私はさっそく購入した。とてもよいものを買ったつもりであったが、プラスチック製のために少々軽過ぎた。ブロウするには手ごたえがないのだ。

あんまり役立たないワとほっぽり出し、相変わらずのブロウ嫌いとなった。

ところが今回のプライベートレッスンである。ヘアメイクアーティストのA氏は、真ん中をふんわりさせて、毛先をはねさせるようにとアドバイスしてくださった。

さっそくやってみることにした。この頃私は朝お風呂《ふろ》に入ることが多い。その際、髪を洗い、ドライヤーで乾かす。これは私にとって画期的な出来ごとであった。なぜなら私は今まで〝自然乾燥がベスト〟という頑固な考えを持っていたからである。高級ホテルのプール会員だった時も濡《ぬ》れ髪で平気で帰ろうとし、フロントの人にタオルを持って追いかけられたことさえある。

その私がドライヤーを使い、乾燥、ブロウという作業を始めたのだ。例のニューヨーク産ブラシをやめ、大昔に買った細いプラスチック製のものを使った。これが成功して、一週間もたたないうちに、私はブロウということが出来るようになった。

あれほど苦慮《くりょ》していた手首の返しであるが、慣れてしまえばどうということはない。やや斜めにブラシを入れるようにすればいいのね。

さてブロウを習慣づけてわかったことがあった。それは髪がピッカピカになったことである。私は美容院に行くたびに、どうしてこんなにいつも艶《つや》が出るのかと感心していたのであるが、ブロウというのは一種のアイロンなんだとつくづくわかった。

私は世の中で〝お嬢さま〟と呼ばれる人種を間近で見る機会が何度かある。そのたびに思うのは彼女たちの髪の美しさである。そう可愛いとか美人、というコたちじゃなくても、髪は本当にキレイにしている。コンサバ系の女のコたちは、モード系の五倍は髪にお金と時間をかけているような気がするのだ。私の知り合いのお金持ちのお嬢さまは、高校時代からホテルの美容室で手入れをしていた。モード系の女のコたちは〝髪は形〟と頑張り、コンサバ系の女のコたちは〝髪は素材〟と考えている節がある。

もちろん艶があってかわゆいデザインの髪がいちばんです。髪っていじればいじるほど、しかも他人の手によっていじられるほど女性ホルモンが出てくるそうだ。そういえばやたら美容院へ通ってるコって、肌もツルツルしている。

〝ふ、ふ、ふ〟な女

長年にわたって、私はワイドショーの熱心な視聴者であった。

独身の頃、起きるのはお昼近かったのでちゃんと見たことがない。けれども結婚したとたん、私はうんと早起きになった。

うちの夫は甘ったれのわがまま男なので、自分で朝ご飯をつくるなんてとんでもない話だ。

私は多くの若い女性に言いたいが、結婚生活に対して過剰な幻想を描かない方がよい。真白いエプロンをつけて、大好きな彼のためにハムエッグとミルクティの朝食をつくりたい……などというのは現実とあまりにもかけ離れている。結婚というのは、「○○してあげたい」という献身の甘やかさが、ひとつひとつ消えていくということである。最初にき

っちりと考えた方がいい。

「私も疲れて寝坊したいこともあるから、基本的に朝ご飯は自分でつくってね」

このくらいビシッとしなければダメです。私なんか最初にいい奥さんを演じようとしたために、さまざまなことを未だにひきずっている。うちの夫は、朝は紅茶とトーストしかとらないくせに、自分でやるのは絶対にイヤだという。自分ひとり起きて、パンを焼くぐらい腹の立つことはないんだそうだ……。

話がすっかりそれたが、とにかく私は毎朝七時に起き、朝食を整える。夫を送り出し、ゆっくりと紅茶をすすりながらNHKの朝の連続ドラマを見る。それが終るとチャンネルを変え、ワイドショーを見るのをそれはそれは楽しみにしていたものだ。

けれどもこの頃、ワイドショーがまるっきり面白くない。誰かと誰かがくっついた、別れた、朝帰りした、と聞いても、

「それが何なのさ」

という感じである。年頃の男と女が何人もいる職場で、しかも普通の人よりもはるかに美しく魅力的な人たちが揃っている。これで恋愛が起こらなかったら不思議というものではないか。

おそらく私はキムタクと松たか子さんが恋人同士と聞いたとしても、そう驚かないと思う。

「あ、そう。さもありなん」

というぐらいだ。キムタクと市原悦子さんが愛し合っていると聞いたとしたら、最初は、へえーっとぐらい言うだろうけれども、そう興奮はしないはずだ。

「男と女とのことは、何があっても何の不思議もない」

という境地に達したからである。

私はこの年になってやっとわかったことがある。他人の恋愛にむやみに興味を持ちたがる女というのは、決して主人公にはなれないのだ。

「あの人とあの人とはデキているらしい」

という噂に異様に興奮したり、張り切って言いふらす女というのは、絶対に、「デキているらしい」方の女の人になれないのである。

人の噂話が好きだからデキないのか、デキない体質だから人の噂話が好きなのか、このへんのところは玉子とニワトリの関係に似て非常にむずかしい。

が、私が観察したところ、デキやすい女、つまり噂話の主人公になりやすい女というのはもの静かな人が多い。神秘的という言葉は古めかしいが、自分の私生活をあまり明かさないものだ。特に男性関係に関しては、ものすごく慎重である。

「すっごくモテるんですって」

と水を向けても、

「ふ、ふ、ふ……」

と笑うだけである。私はこの〝ふ、ふ、ふ〟がデキる女の鍵《かぎ》を握っているのではないかと思う。

「あのさ、今日のワイドショー見てたんだけど、反町と稲森って線、あり得るかもね。そうそう、高知と高島礼子が見てもらった風水のおじさんってすごいお喋《しゃべ》りだよね。でも、占い師があんなにぺらぺら喋っていいもんかね……。ねえねえ、あのさA子って知ってるでしょ。あの人、うんと年上の男とつき合ってるみたいだよ。このあいだすっごく高いイタリアンに二人でいるところ見ちゃったもの。っていうことはさ、前の彼と別れたっていうことかしら。ねえ、どう思う？」

などと喋る女に、男は恋を持ちかけるものであろうか。恋というのは、言うまでもなく秘密を共有することである。こんな女とつき合った日には、すぐさまいろんなことをバラされると警戒するはずだ。

ところでつい最近、美しいことで有名なある女の人と一緒にお酒を飲んだ。その時、本当に驚いた。彼女って自分の恋愛のことをぺらぺら喋るんですね。人の噂話もいっぱい。私の今までの経験だと、美人はこんな風に過去を自慢しない。こんなに自分のことを打ち明けない。

「何かヘンだ。どうしてだろう……」

私はずっと考え続けた。主人公となるべき女が、あんなお喋りオバさんのような喋り方をするとは。私の論理がまるっきり崩れてしまうではないか。

が、同席した私の友人はあっさり解明してくれた。

「ハヤシさん、知らなかったの。あの人って有名なレズなんだよ」

なーんだ、そういうことか。普通の美人は、あんなに男性とのことをひけらかしたりしない。レズの美人は、自意識過剰のブスとまるっきり同じことをする。

美人のつくり方

美人のつくり方

美人は歯がイノチ
歯で顔のフォームが決まる

去年のイヴの夜は、夫と二人で和食屋へ行き、日本酒でぐでんぐでんに酔ってしまった。気がつくと、何とお化粧をしたまま眠ってしまったのである。

朝起きて後悔のあまり、しばらくぼうっとしてしまった。女なら誰でも知っていると思うが、化粧をして眠るのが肌にはいちばん悪い。朝になると脂がヘンな風にギラギラ浮いてくるのである。

口惜しい。イヴの日はエステに行き、一時間半もみっちりとお手入れをしてきたのだ。それなのに一晩の油断が、何だかシミをつくったみたい……。自分で言うのもナンだけれど、私は肌がとても綺麗《きれい》デス。若い頃なんか、男の人も交えて旅行に行くとする。すると男の誰か一人が必ず言ったもんだ。

「キミって、肌が綺麗だねえ……」

朝食の際、まるっきりお化粧をしていない私の肌は白くさえざえとしていたはずだ。

あの頃、みんな肌を誉めてくれたら、どうしてその先の服の下に隠された私の肌について考えてくれなかったのであろうか。みんな目先の贅肉《ぜいにく》にまどわされて、そこまでは思いが及ばなかったのね……。若い頃っていうのは、肌が汚なくてニキビだらけでガリガリでも、目鼻立ちのちょっといい女の方に、男のコの人気が集まったけど。みんなバカよね、当時の私の魅力に少しも気づかなかったなんて……。

さて、今までは前置きで、ここからは本格的な自慢話に入る。つい先日のこと、テツオから電話がかかってきた。

「うちの会社のやつがさ、あんたに会ったらさ、あんまり美人になったんでびっくりしたって言ってたよ」

あの口の悪いテツオがこう言ったのである。私は喜びにうち震えた。そう、私は努力してるもんな。

ダイエットはしょっちゅう成功と挫折《ざせつ》を繰り返しているが、最近多くの人から必ず言われるのに「すっごく痩《や》せた」というのがある。が、私は実はちっとも痩せてはいないのである。体重はむしろ増えつつあるといってもいい。それなのにどうして痩せた印象を与えるかというと、私の顔の輪郭が変わったからだ。

知ってる人もいるかもしれないが、私は七年前に歯の矯正をした。それもテツオのひと言によるものだ。

「あんたはさ、目は大きくていいんだけど、顔が下半身ブスなんだ」

口が前に出ていて下品に見えるということらしい。私もかねがねそれを考えていたので歯科医に相談した。すると先生は言ったものだ。

「ハヤシさんみたいな顔立ちは、歯を直すとすっごく変わります、別人みたいになりますよ」

そんなわけで私は歯を七本抜き（親知らずが三本入る）、三年間ブリッジをしました。この間それはそれは、つらい日々であった。なにしろ歯にずっと針金を通していたのである。食べるたびに歯にものがひっかかる。あの頃は食べ終るとすぐに洗面所にすっとんで、歯磨きをしたものである。

当時のこんな思い出がある。ある男の人と北海道富良野《ふらの》に旅行した。食いしん坊の私は、途中で売っているトウモロコシを食べたくて食べたくてたまらなくなった。ブリッジをしたままトウモロコシを食べるとどんなに悲惨なことになるかと考えたが、相手はまるっきり〃ジャストお友だち〃の関係ない男である。ま、いいかと私はタクシーの中でトウモロコシにむしゃぶりついた。そして途中ニタッと笑った私に、彼は恐怖に満ちた目でこう言ったものだ。

「キ、キミ……、ブリッジをしたままトウモロコシ食べるなんて最低だよ」

こんなつらい思いをしたのに、ブリッジをはずしても私の顔にはどうという変化も起こらなかった。確かに口は二センチぐらいひっ込んだけど、それって横顔にならないとわからないぐらい。

「別人になるなんて嘘じゃん」

と私はフンガイしたのであるが、ブリッジをはずして四年、私の顔は少しずつ変わっていった。顎《あご》の線が次第にシャープになっていったのである。

美人は輪郭だと誰かが言ったが、確かにだぼだぼの二重顎の美人はいない。見よ、私の顔は何だか都会風のほっそりした線を持つようになったではないか。

鼻の形は整形で直したいところであるが、整形手術は年をとってから、がくっとくる。まるで地崩れを起こしたように肉がどどっと落ちてくるのだ（タレントの○地○○参照）。最近私は、エステサロンで買った電気の棒で鼻をずずっとなぞっている。今回何を言いたいかというとですね、努力次第で女は美人になれる。私が言うと説得力がないので、三割がたは確実によくなると断言出来る。

失恋の記憶

ロマンティックな夜であった。

ロマンティックな散歩道であった。

こういう時、一緒に歩いているのが女友だちだなんて、何て悲しいんだろうと思った。

それでつい自慢話をしてしまう。

「この道さ、昔よく彼と歩いたもんだわ。コートの彼にぴったり寄り添ってさあ、もう離れたくなくって一晩中でもずうっと歩いてたの……」

ふうーんと彼女は黙って聞いているようであったが、意地の悪い女であるからこういう一矢をはなつ。

「そんな好きな男と、どうして結婚しなかったの」

最近パーマをかけました
また恋をしたいデス

正直なのが唯一の取り柄の私は、つい本当のことを口にする。

「私がフラれたの……」

別れの電話のことを、まるで昨日のように憶《おぼ》えている。当時アパートの五階に住んでいた私は、半分本気、半分お芝居でこう叫んだものだ。

――たった今、窓から飛び降りて死んでやるからねっ！――

すると彼は静かに言った。

――君のそういうところが、もうついていけなくなったんだ――

「えー、まー、ヒサンー、へえー、世の中にそこまで言われる女っているんだ」

彼女は目がキラキラしてきた。本当に嬉《うれ》しそう。私は昔の話なんかするんじゃなかったと後悔した。

「わかったわー、あなたが他人に対してやさしいわけが。ハヤシさんって案外みんなに気を使って、すごくやさしいじゃない。それって男の人にいっぱいフラれたからなのね」

そこへいくとさーと、彼女は哀し気に眉《まゆ》を寄せたが口が笑っている。

「私ってダメなのよねー、子どもの時から男の人にちやほやされてたでしょ。大人になってからはスチュワーデスしてたから、これもまたモテまくってたわよね。だからさー、私って人に対してやさしくないのよ。あなたみたいになれないのよね」

私がむっとしたのは言うまでもない。

前にも書いたと思うが、私は典型的なM女である。男の人に尽くし、甘やかしていい気にさせてしまう。その結果、手ひどいめに遭うことが多いわけですね。

が、こんな風に言ったり書いたりしていても、失恋の記憶というのはとてもつらい。どんな大昔のことだって、思い出すたびに胸がキュッと痛くなってしまう。

男の人なんかもう信じられない、などと後ろ向きの気分にはならなかった。けれども、私は嫌われたんだ、という劣等感からずうっと逃れられなかったような気がする。

ところがつい最近のこと、私はある人とひょんなことから親しくなった。先日ゆっくりとお酒を飲む機会があり、遅くまで盛り上がった。

その最中、不意に彼女はこう言ったのだ。

「私、ハヤシさんの昔の恋人、よく知ってますよ」

「えっ、誰のこと」

まあ私も年くって結婚したため、そういう男の人は何人か存在している。相手が私なら自慢にもならぬはずだが、どういうわけか自称「ハヤシマリコの男」というのも業界にはいるらしい。

「あの人から五時間もハヤシさんのことを聞かされました。どんなに好きだったかと切々と言ってましたよ。あの頃はお互いに若過ぎて結婚出来なかったけれども、彼女とのことは僕の一生の思い出だって……」

私はすんでのところで涙をこぼしそうになった。ずうっとずうっと長いこと、私は彼にフラれたと思っていたのであるが、向こうは向こうで違うというのである。ううっ、嬉しい……。積年のくもりが一気に晴れたような気がする私であった。そういえば私の尊敬する先輩作家がこんな風なことをおっしゃった。私たちが老いた時、あの年はどんなだったろうかと考える時がある。そのチャートとなるのは、決して仕事ではない。私たちはその年を、その季節を、どんな人とめぐり合い、どんな人と愛し合ったかということで記憶しているのだと。

フラれたといじいじと憶えているのは、自分で自分の季節を汚すことなんだ。フラれたなんてもう言わない。こういう場合「失恋」という便利な日本語がある。愛し合ったけれどもタイミングがはずれてしまっただけなのだと、美しいストーリーをつくればそれでいいんだ。

そう、記憶なんて自分でいいようにつくり変えりゃいいんだ。誰かに〝嘘つき〟と咎《とが》められるわけじゃない。

「私は生まれつきモテてたんだ」

とにかくそう思う。そう信じる。

卑下した過去から、明るい未来が生まれるはずがないんだもの。

バーゲンいろいろ

このあいだのバーゲン、どうしてました？　シーズンのはじめにうんと悩んでやっぱりやめたジャケットやパンツが、三割引の値札をつけて私を待っていてくれたいとおしさ、嬉しさ。
「よし、よし、やっぱり私に着てもらいたかったのネ。私のことを好きなのネ」
と撫《な》でながら買っていく私。
が、最近の夏のバーゲンのことである。どうしようかナと迷いに迷ったけれど値段が高くてやめたスーツが、なんと半額になっているではないか。もちろん私は買った。試着もせずにだ。だってあの時ちゃんと着て鏡の前にずうっと立ってたんだからね。ところがこんなことがあってよいものであろうか。最初に着てみてやめてから二ヶ月の間に、私はかなりお肉をつけていたようだ。スカートがきちきちで入らなくなってしまったのである。値段が落ちていった間に、私の体重は上昇してしまった悲しい例である。

さて皆さんもご存知だと思うが、この世には究極のバーゲンというのが幾つか存在している。それは「関係者以外お断わり」という、コネコネのバーゲンだ。コネコネバーゲンといっても、デパートやファッションビルなんかが出す、

「このハガキをご持参の方」

なんていう程度のものじゃない。本当に限られた人だけの秘密バーゲン。

商社に勤めている友人が時々誘ってくれたのが、某イタリアンブランドのバーゲンである。この商社が日本での代理店なので、その安さといったらない。が、社員と家族に限られるということで、一般の人には公開していないそうだ。もちろん友人も家族ということで入場出来るということであるが、その混みようときたらラッシュアワーなみということでやめてしまった。

これよりもっとすごいのが、マスコミの人を対象にした、あるブランドの特別バーゲンですね。これは破格値ということで、しかもここのお洋服はいつも私が着てるものである。

「ハヤシさんも少し我慢すれば、シーズンをはずして安くなるのに」

と女性編集者に言われ、私は歯ぎしりしたいほど口惜しかった。このバーゲンは女性編集者やスタイリストの人たちがごそっと押しかけるのであるが、中には芸能人も何人かや

ってくるらしい。

「○○○○なんかダンボール三箱ぐらい買っていきますけど、ああいうのってみっともないですね」

と何人かから聞いた。○○○○さんというのは、長らくファッションリーダーとして君臨している女優さんである。が、私は○○○○さんにすっかり同情してしまった。ちょっとした私服までスタイリストをつけ、どこからか洋服を借りてくる昨今のタレントさんと違い、彼女はすべて自前なのであろう。スポンサーの愛人でもいない限り、服は自分で買うしかない。だったらバーゲンに来るのはあたり前じゃないか。そうしていろいろ組み合わせて着てみせてくれて、私たちを楽しませてくれるんだ。いったい何が悪い。

「だけどイメージっていうものがありますよ」

と編集者たちは言うのである。

「ハヤシさんも行くと、あれこれ言われるかもしれない。だから私が買ってきてあげますよ」

ということでお願いしたら、ジャケットにスカート、ブラウスなど買ってきてくれて、しめて八万円ちょっとであった。ちなみにここのブランドはジャケットだけで十数万円する。ここで満足すればいいのに、意地の悪い私はちょっと嫌味《いやみ》を言ってみたくなるんですね。そのジャケットを着て、さっそくいきつけの店に行ってみる。

「あら、ハヤシさん、それ、うちのですよね」

「そお、幾らで買ったと思う」

胸を張る。

「二万円ちょっとよ、バーゲンで買ってきてくれたのよ。ねえ、ねえ、どうしてこんなに値段が違うのかしら」

「ハヤシさん、そんなこと言わないでくださいよ」

悲しそうに顔を曇らせる店長。いつもお世話になっているのに、私って何てイヤな女なんでしょう。

さて今年のバーゲンであるが、カシミアの黒のタートルネック、茶色のパンツ（黒を既に購入）、一泊用のバッグ（アンティック風）といったところであろうか。年々私は賢くつましくなり、バーゲンといっても無茶な買い物をしない。昔はそれこそ頭と体が浮き上がり大量に仕入れてきた。サイズが合わないものは「人にあげればいい」、とんでもなく派手なものは「そのうちパーティーで着ればいい」と後先考えなかったものだ。典型的な〝安物買いの銭失い〟だったわけであるが、なんだかあの頃がやたら懐かしくなる。早起きして友人と並んだっけ。年に二回のバーゲンは、その一年の私のエネルギーの量を確かめる時でもあった。

私の名声

昨日のこと、仁左衛門襲名披露興行を見るため歌舞伎座へ行った。

その際一階の後ろの方に、不思議な集団を見たのである。ふつう歌舞伎を見にくる若いコというとあるイメージがあるのであるが、そのコたちは違う。五十人もいたであろうか、誰もがおしゃれでカッコいいのである。男のコもいたのであるが、生意気に髭《ひげ》を生やしたりしてそれがまた似合っていてかわゆい。

「タダの大学生にも見えないし、あの団体はいったい何だろう」

私が言うと、一緒に行った年下の友人も、

「なんか目立ちますね。どういう人たちか知りたいですね――」

としきりに後ろを振り返る。私は彼らの正体が知りたくて知りたくて、頭がヘンになり

そうだ。このまま帰ったら悔いと疑問のあまり今夜眠れなくなるに違いない。それで帰りぎわ、ごくさりげなくおとなしめの女のコにこう話しかけてみた。

「学校の課外授業に来てるのね」

「そうです……」

「わかった。大学の演劇部か何かなのね」

「いいえブンカです」

ハタと膝《ひざ》をうちたい気分。文化服装学院の学生たちが、服飾史か何かの一環で歌舞伎を見に来ていたのか。どうりでみんなおしゃれだと思った。この学校は女の子のレベルも高いが、男の子もモデル風なのが何人もいるのだ。ブンカはやっぱりブンカであった。

さてつい先日、私はテツオからものすごく嬉《うれ》しいことを言われた。

「あんたもおしゃれがうまくなったね」

考えてみれば、私たちが出会ったのはもう十数年以上前である。マスコミにデビューしたばかりの私ときたら、そりゃあ目もあてられなかった。それまでいた広告業界風のテクノファッションは、私に全く似合っていなかったけれど、堅固にそれを着続けていた。おまけにデブのくせしてワイズを好んだ。これは単にウエストがゴムだったからという理由による。今思うと、山本耀司さんに何て失礼なことをしたんだろうか……。そんな過去があるにもかかわらず、テツオはこう言ってくれたのである。

「やっぱり、あんたって業界じゃいちばんおしゃれなんじゃないのオ」

「えっ、本当⁉」

「うん、女流作家業界じゃね」

私はがっかりした。女性文化人業界、とか言われるならともかく、女流作家の業界というのはかなり狭い。〝自称〟の人を除けばそう何人もいないんじゃないだろうか。それにこの業界はわりにおしゃれに興味がない人が多いし、あってもコンサバ系である。それが、誉められたことには変わりなく、私はこれをかなり誇張して夫に喋《しゃべ》った。

「ケッ、それがどうした」

と夫は冷たく言い放つ。

「君たちの世界っていうのは、基準が違うんだよ。キミだってさ。いい年していつもタイトにミニだしさ。ああいう格好って君たちの世界にだけ通用するんじゃないの」

お堅いサラリーマンの夫は、私みたいな格好が昔からあんまり好きじゃない。おしゃれというと髪をふわっとさせて、ナチュラルストッキングをはいた女の人をうかべるみたいだ。

それに家にいる時の私の格好ときたら相当ひどい。朝、夫をおくり出す時寒いので上はセーターを着ている。が、下はパジャマのまんまだ。夜は夜で同じセーターを半月ぐらい平気で着ている。

が、テツオからお世辞とも本気ともいえぬ言葉を耳にしてから、私はちょっぴり変わったみたい。家から一キロ離れたエステに行こうとする時、私はスッピンで家を出る。髪もくしゃくしゃ。ボロ隠しのコートもあるし、いつものセーターとパンツでいいや、と思う時、私はいつもこうつぶやくことにしているのだ。

「私の名声が、私の名声が……」

もちろんそんなものはありはしない。が、ごくたまには、

「ハヤシさん、この頃キレイになったね」

「いつもおしゃれしてる」

という言葉をいただくことがある。これを宝石のように大切に集めておく。そして自分自身の妄想で多少ふくらませていく。そして何かの時にいつもこうつぶやく。

「私の名声が台無しになる。これではいけないワ」

たぶん美人とかファッショナブルといわれる女の人は、つぶやくことなしに、こういう意識を保っていられるのであろう。ふつうの女というのは、〝名声〟を自分でつくり出していくしかない。それは存在するものだと自分に言いきかせなくてはならないのだ。

出がけにしていくつもりだった腕時計がどうしても見つからない。よってカジュアルないつもしているのを手首に巻く。が、今日のお洋服に絶対この時計は合わない。時計ぐらいどうということもないが、ちらっと見えるものがこれじゃまずい。

「私の名声はどうなる！」

とつぶやき、玄関から私はひき返した。おしゃれになるというのは「我慢出来ないもの」「こうでなきゃ絶対にイヤ」というものが増えるということだ。これがやっとわかりつつある。

たまらんボディ

フィギュアスケートを見に、長野オリンピックに行ってきた。

ああいう一流アスリートたちを見ると、私はいつも悲しくなる。同じように人間として生まれ、どうしてこんなに肉体が違ってしまったのであろうか。それもアメリカ人とかロシア人とかいうのならまだわかる。民族の差ということで仕方ないと思う。

ここでちょっと話が変わるが、三年前にミラノコレクションを見に行った時のことだ。コレクションが終り、ファッションセンターの中を歩いていると、スーパーモデルたちが私のすぐ前を歩いているではないか。ずっと前に見たパリコレの時もそうであったが、モデルたちはすぐに次の会場に移動するため、お客と一緒にどどっと歩く。お客といっても、みんなプレスの人たちで、ファッションジャーナリストや編集者たちだ。みんなプライド

ハダカのようだが→
肌色のシャツ着てる
← スケート靴も
ストッキングで

があるため決してミーハーなことはしない。わりと無視した態度をとる。

わたしゃ、そりゃあびっくりした。エスカレーターで降りる際、私のすぐ目の前にナオミ・キャンベルとシンディ・クロフォードが談笑しながら立ってるじゃないの。私はよっぽど写真を撮ろうかサインを貰《もら》おうかと思ったのであるが、同行のジャーナリストがそれだけはやめてくれと必死で言うので諦《あきら》めた。その代わり彼女たちのモデル・ウォークというのを本当に間近で観察した。長い脚をすっすっと前に出し、ややヒップを左右に振る……。さっそく人気《ひとけ》のないところでやってみた。が、まるっきり違うぞ。仕方ないか、脚の長さと全体のバランスというものがあるか……。

さて、美しい肉体を持つオリンピック選手たちを見て思った。こういう肉体のエリートを今さら目指しても仕方ない。生まれついての才能というものもあろう。近くで見たから断言出来るが、ナオミ・キャンベルみたいな体に生まれ、ああいう風に体をデザイン出来る人というのは何万人にひとりである。それに彼女の体を、本当に男の人が好きかどうかというのは、はなはだ疑問である。

私がつくづく羨《うらや》ましいのは、エッチっぽいカラダというやつですね。モテるのをいいことに、三十八歳の今日まで好き勝手し放題をしているテツオがつくづく言う。

「顔がジミで、カラダが派手というのがいちばんいい」

私のまわりの若いコで、それにぴったりの女の子がいた。顔は普通っぽい童顔なのであるが、バストが八十六、ウエストが五十五センチという数字を誇った。彼女がセーターを着ていると、同性ながら目のやり場に困ったものである。

ここまですごくなくても、男の人が誉める女の人のカラダを見ていると、女のそれとかなり違っているのがわかる。私の男友だちは、ノースリーブの袖《そで》からのぞくぽっちゃりした二の腕とか、ミニからのぞくピチピチの太ももを見ると〝たまらん〟そうだ。パンツ姿の後ろのちょっと下がり気味のヒップも可愛いと言う。つまりモデルタイプの完璧《かんぺき》なボディなどあんまり望んでいないのである。

エッチっぽい、というのは、だらしない、という要素も含んでいる。もちろんぶくぶくぜい肉がついているのは論外であるが、若さゆえの多少のお肉は誰もが大歓迎なのである。が、こんなことは十年以上前から言われてることだ。男が考えるいいボディと、女が欲しがるボディとはかなり違うということは、いろんな人が書いたり言ったりしている。それでも女の方は、頑としてその考えを変えない。このあいだも身の上相談で、

「百六十七センチなのに、五十四キロもあって死にたくなる」

という投書を見て、私は、

「こんなのは餓死しろ」

と怒鳴ったものである。

どうしてこんなに世の中の女は、違う方向へいくのであろうか。私が考えるに彼女たち

の恋人が誉めないせいではなかろうか。

外国人とつき合っている女性に聞くと、欧米の男、イラク方面も含めてあちらの国の方は、それこそ言葉を尽くすのだそうだ。何て素敵《すてき》な胸、何てキレイな脚なんだ……とかいうような、女を喜ばせるようなことをいっぱい言う。そこへいくと日本の男のコというのは、いまいちボキャブラリイが少ない。つき合い始めの頃は、さんざんおいしいことを言うのであるが、二人の仲が安定するやいなやとたんに毒舌家になる。相手の女をこきおろすことが愛情表現だと思っているのは、オヤジから十代の男のコまで、この国の男に共通している特徴なのである。

「お前のウエストよォ、何とかならないのかよ」

「○○キロになったら別れるからな」

とか早くも亭主風を吹かせる男というのはとても多い。こんなのはいっさい無視——と言いたいところであるが、そうもいかないのが女のつらいところである。

「彼がさ、お前のここの肉、夏までにどうにかしろって言うの」

なんて惚気《のろけ》るのも、ステディの証《あかし》だもんね。今日もエステに行っていたら、カーテンごしに気配がした。どうやら紙パンツ一枚になって採寸しているらしい。

「まあ、こんなにほっそりしてるのに」

エステティシャンの声。

「ダメなの。お腹をへっこめたいの。彼に叱られちゃう」

ま、これも幸福のひとつの型か。必要もないのに愛する人のために必死になるのってさ。

ダイエットの素

長野オリンピックへ行くために
紺のハーフコート買いました。
すっごくかわいい!
バーゲン
30% OFF!

ぐずぐずと風邪が治らない。咳《せき》と鼻水がずっと続いているのである。お医者さんに行くほどでもないという風邪がいちばん長びく。

「とにかくいっぱい食べて、ぐっすり寝てください」

と秘書のハタケヤマがうるさく言うので、仕事以外はほとんどベッドの中にいて、ずっとミステリーを読んでいた。時たま起きてご飯をつくる。夜はいつもオットの分だけ炊き、自分はちょっとおかずをつまむぐらいにしている。もちろんダイエットのためである。

ところが、〝風邪を治す〟という名目のため、たっぷりご飯を二杯食べる。もらいものの筋子とかシューマイとか、おいしいものをいっぱい。寒いのでつくっておいたケンチン汁もいい感じ。たらふく食べてベッドにもぐり込むという生活を半月続け、そして私はへルスメーターの上に乗った。

ギャ〰〰〰ッ!!

卒倒しそうになる、というのはああいうことを言うのであろうか。最近の新記録をうち立てていたのである。道理でお腹のへんにずっしり重みがついていたと思った……。

私がこの世でいちばん尊敬出来る人というのは、自分の体重管理が出来る人である。ジムに通い、水泳を続け、自分のハダカをいつも鏡に映してチェックする人、そんな人に私はなりたい。

そんな人にとうていなれない私が、ますますデブになって、何がいちばん嫌かというと、男の人に対して消極的になるということである。私はヒトヅマであるから、積極的に出てどうのこうのということはもちろんない。が、妄想の中でといおうか、精神的にハートマークを持つことはよくある。

「この人、ステキ……」

「もしこの人と恋をしたらどうなるかしら……」

と考えたとしても何が悪いんだい。

こういう私をテツオは「ハンフリン・ボガート」と呼ぶ。つまり「半不倫」を気取っている奴ということである。

さて久しぶりに私はA氏とデイトをした。このA氏は私の男友だちの中でもピカイチの存在といっていい。インテリなのにハンサム、私と同い齢であるが多分に少年っぽさを残している。私はかなり心ひかれているのであるが、彼は私の友人と不倫（こちらは全不倫）をしていたという過去を持つ。

若い時ならそういうのも我慢したかもしれないけれど、今となっては「お下がり」というこの四文字しか思い浮かばない。おまけに私の友人は美人である。かなりスリムでもある。他のことじゃ負けないつもりだけれど、やっぱりあの女性の後というのはちょっと不利だと思う。

A氏はプレイボーイというのではないが、女を喜ばせるちょっとしたコツを知っている。というよりも、そういうことを自然に出来る男だ。

食事の後、二人でバーに入ったのであるが、私の飲んでいるカクテルを、断わらずにひょいと取り上げて口をつける。自分の注文したバーボンを、ちょっと飲んでみてと前に差し出す。

グラスを共有する、というのは、それだけでかなりドキドキする経験ではなかろうか。おまけにA氏は喋《しゃべ》るたびに、

「ね、ね、それでさ」

と私の腕に触れるのだ。女でよくこういうタイプがいるが男では珍しい。私はウヌボレ屋ではないが、かなり想像力が豊かな人間である。よって胸がトキメく。

が、そのたびにあの数字が頭の中で膨れ上がり、私の脳味噌《のうみそ》の大部分を占めるのだ。

「私は○○キロ、○○キロの女なのよ」

そんな女が男の人を好きになる権利なんかないのよ。そう、おかしなことを思っちゃいけないのよと私は次第に暗くなっていくのである。

私は思った。女がダイエットをするのは、単に自分を美しく見せたいからじゃない。精神をすっきりとやわらかくしたい。つまりヒーリング効果なのである。

私は次の日から頑張った。食べるものも注意するが、運動不足をとにかく解消することにした。私はあるジムの会員であるが、もとよりこういうところにマメに行くタイプじゃない。それで決心をした。出来る限りタクシーを使わない、どんな時でも地下鉄を使い、しかも乗り換えの大変なところをチョイスする。

つまり千代田線から日比谷線に乗り換える時に、今までだったら日比谷で乗り換えた。が、わざと乗り換えに時間がかかる霞ケ関《かすみがせき》にする。ここは階段を結構歩くのだ。とにかく私は歩く。SFメトロカードの五千円もあっという間に半分になる勢いだ。

歩きながら私はA氏のことを考える。ちょっといいナと思うB氏のことも思い浮かべる。今度デイトする予定のC氏のこともちらっと思い出す。

それから着られなくなったたくさんのお洋服、あれをムダにしちゃいけないと決心する。そう、今も歩く日々が続いている。こういう時に外食は絶対にタブーである。私はイタリアンや和食を共にする男友だちの約束を幾つもキャンセルした。よってA氏ともB氏ともC氏とも全然会っていない。彼らは妄想の中で、スリムな美女となった私にテーブルをはさんで笑いかけてくる。しかしなんかヘンかな……。

バーチャル・リアル・ダイエット

これが恐怖のスクール水着だ
「あんたの場合、本当にこの絵のとおりだからコワイよ」とテツオが言った

近年ないほど体重が増えてしまったことは、先週お話ししたと思う。

こういう時は何をやっても楽しくない。おいしいもののお誘いを受ければ、

「私をますますデブにしようとしている」

と恨むし、ちょっといいナ、と思う人から今度会おうと言われても、

「どーせ、私みたいなデブなんか、何にも芽ばえるはずはないし」

とひがんでしまう。全く何もいいことはない。

最近、私は体脂肪率がわかる体重計を買った。これはあらかじめ自分の身長を登録しておき、ボタンに足を載せる仕組みだ。そうするとまず、数字が現れ、私の体重が表示される。ここまでは普通の体重計と同じであるが、この機械は体脂肪を計算するため、しばら

く体重の値がディスプレイされる。わずか十秒か二十秒のことであるが、この間生きた心地がしない。夫がひょいと覗《のぞ》き込んだらどうなるであろうか。信じられないような数字に目を疑い、あわや離婚ということになってしまうかもしれない。

朝、夫が洗面所やトイレへ行った隙に、大慌てで体重計に乗る私。もし彼が不意にやってきたら数字をすぐに隠せるよう、片足をディスプレイのところに置いておくの。

食べるものもそりゃあ気をつけているのであるが、どうも以前ほど体重が落ちていかない。

「少し運動しろよ、運動をよ」

とテツオが言う。テツオももう三十代後半であるが、贅肉《ぜいにく》はないしお腹も出ていない。これは偏愛しているともいえるゴルフの賜物《たまもの》であろう。なにしろ彼は、会社からもらう二週間のリフレッシュ休暇の際、ロスのゴルフスクールに通ったという実績を持つ（しかし、あまり効果はなかったようだ）。

私も何年か前、ずっとプロのコーチについたことがある。何度もグリーンに出たこともある。が、そのたびに友人を失った。

「もうハヤシさんとは二度としたくない」

と彼らから言われたものだ。その口調は大学生の時とまるっきり同じだ。あの頃毎年スキーに出かけたが、初心者の私は一回転ぶと二度と起き上がれなくなった。そのため両脇

に二人の男の子がついてくれなくてはならない。滑れない彼らは次第に私に憎しみをつのらせ、

「もうキミなんかと絶対に来ない」

と罵倒《ばとう》したものだ。私の運動神経の度合いというのは、どうやら他人を激怒させるものがあるらしい。

それにしても今回のデブ加減はかなり深刻である。私はウォーキングに加え、ジム通いもすることにした。ずうっと前、私は青山のおしゃれなジムの会員であった。ところが初めて行ったところ、すっごくこわいスタッフがいて、

「さっ、血圧測って。さっ、体重計に乗って」

とせきたてられ、早々に逃げてしまった。高い入会金を払ったのに、たった二回しか行かずにやめてしまった。

そして私が次に入会したのは、やはり青山に出来たスポーツクラブである。ここはうんと入会金が高い贅沢《ぜいたく》なクラブであった。おかげでどこも空いていて、プールやお風呂《ふろ》など人影を見たこともなかったほどだ。

が、バブルがはじけてから、ここのクラブは経営が苦しくなったようで、入会金を三分の一にし会員をぐっと増やした。このあいだ久しぶりに行ったら、芸能人や野球選手がいっぱいいてびっくりしてしまった。

スポーツクラブに芸能人がいるとイヤ、という一般人はかなり多い。それは彼らの美しさに圧倒されてしまうからだ。私が以前入っていたスポーツクラブは、ジャニーズ事務所ご用達の観があったが、彼らがトレーニングを始めると、動きも訓練の仕方もまるで違う。あんまりカッコよすぎて、一般人は隅の方でコソコソという感じになってしまうのだ。

また芸能人の方も、私みたいなのを嫌がる傾向がある。そりゃそうであろう。素顔をさらす場所に、私のようないかにもお喋りな女がいたら気が休まるはずがない。そんなわけで、わがスポーツクラブにも非常に行きづらくなった。他のところに移ろうかなどとも思う。

今のところ東京でいちばん人気があるのは、パークハイアットのスポーツクラブである。ここは広くて静かでとにかく素敵《すてき》なんだそうだ。私の若い友人はここの会員である。

「行きたい時はいつでも言ってください」

と言われているのであるが、ハタと迷う。彼女はプロポーション抜群の女のコである。ハイレッグの水着がよく似合う。パークハイアットのプールサイドはやはり彼女みたいなのでなくてはいけないのではなかろうか。私のようにくびれなし、完全立方体、スクール水着着用というのはまずいのではなかろうか。いっそのこと、別の友人が通っている区立のプールに行こうか……。

あれこれいじいじ悩んでいるうちに、すっかり行く気を失くしている私である。ダイエットもバーチャル・リアリティの中でだけ行なうようになったら、女もおしまいです。

正しい京都の歩き方

久しぶりに京都へ遊びに行った。
京都と聞くと、今も胸がキュンとする私である。ずっと昔、京都に好きな人がいて、新幹線の回数券をちぎっては会いに行った思い出があるのだ。
京都というのは男と女の物語としては最高の舞台である。二人で歩いた鴨川《かもがわ》のほとり、先斗町《ぽんとちょう》、そしてあの小さなバーは今はどうなっているのかしら……。
京都ではもちろん男友だちが待っていてくれる。京都在住の建築家A氏は、俳優も顔負けのハンサムで、しかも京大で教えている。二人でとっても楽しいひとときを過ごした……と言いたいところであるが、私は女友だち二人と一緒だ。合計四人で修学旅行のような夜になってしまった。

が、やさしいA氏は時々立ちどまっては、建物のいろんな説明をしてくれる。お菓子屋さんでおいしい和菓子を買い、

「夜、ホテルで食べなよ」

なんて言ってくれる。

私はいつもの念力で、他の女二人を私の視界から消すことにした。妄想の世界が始まる。

そーよ、私はいけない人妻、こうやって京都の恋人のところへ会いに来ているのさ。二人きりで歩く石塀小路《いしべいこうじ》の石畳の静けさ、京都の底冷えもなんか切なく甘いわ……。

ところで私は時々「チェッ」と思うことがある。私が独身だったら、彼とこういうところへ来るのになあという場所が、この頃やたら出てきたのである。

誰にでも経験があると思うが、都会にはエアポケットといおうか、ちょっとした物陰というところがある。たとえば、西麻布の地下のバーで、上まで長い階段が続いているところがある。その階段の下なんかキスをするのにぴったりだと思う。

私は思うのであるが、人前でキスをしたがるのはまだまだ子どもである。ちょっとした大人であったら、人の目を気にしたり、あるいは自分たちの行為をわざと誇示したりする行為はめんどうくさいと思う。それよりもちょっとしたブラインドのもとでした方が、ずっとずっとカッコいい。

桜の季節にはちょっと早い青山墓地、その近くの人気《ひとけ》のない歩道橋、代官山の裏道の長

い坂、気がつくと街中には素敵なところがいっぱいだ。

地方にだっていいところはいっぱいあるぞ。京都は恋人たちにとっては最高の場所だが、ややお金がかかるのが難点だ。そこへいくと横浜や湘南《しょうなん》で一泊というのは、やはりお薦めかもしれない。九州福岡のホテルには、各フロアに一部屋だけのセミスイートがある。そこのジャクジーがあるお風呂は海につき出ているのだ。朝焼けの中で、好きな人とジャクジーに入ったら、もう外国映画の気分であろう。

くっ、くっ。私がヒトヅマになって残念だと思うのは、こうしたしゃれた場所を見つけた時である。独身の人たちが本当に羨《うらや》ましいと思う。

「だけどいいじゃん。ハヤシさんは独身が長かったんだから、さんざん楽しいことをしてきたでしょう」

と言う人がいるが、ちょっと違うと思う。若い頃から顔と名前が知られていた私は、すべてのことにびくびくしていて、とても大胆に振るまえなかったのである。男の人と旅行へ行くなんてとんでもない。海外で待ち合わせたことはあるけれど、二人でどっか国内へ出かけたことはない。

今は私も年増になり、ちっとやそっとのことではびくつかない心臓を持っている。何を書かれようと、噂されようとこわいことはない。しかしヒトヅマという立場がある。

さて京都では、毎日おいしいおいしい京料理を食べた。A氏が連れていってくれた小料理屋さんではかぶら蒸しが絶品といっていい味であった。

次の日、A氏は仕事ということで、女友だちだけで別の店へ行った。そこは今、京都でいちばんおいしいと評判の店である。行ってみて驚いた。カウンターの客のほとんどが、オジさんと若い女の子とのカップルだったのである。バブル崩壊以後、東京では消えたはずの光景が京都ではまだ続いていたことに私は感心してしまった。

女の子はミズっぽくもなく、ごく普通の女の子たちである。が、いかにも金持ちのおじさんに連れてこられたという感じ。が、そんなことをしてまで、おいしいものが食べたいかナーと私は思ってしまう。京都に来てまでオヤジと一緒にいなければならないなんて、なんて不幸な人生なんだろう。

イノダのサンドイッチでいいし、オムライスもおいしい。何だったらマックのハンバーガーでもいいではないか。京都というのは本当に好きな男と来て、二人でいくらでも歩く街なんだ。寒い時だったら、自分の手を彼のコートのポケットに入れてどこまでも歩く。食べ物はどうでもいいから、泊まるホテルはちょっと贅沢して、それがお約束。

恋する時間はそんなに長くない。今のうちに彼といろんな場所に行かなきゃ。オヤジと京都へ来てフグなんか食べてちゃダメ、と私は叱りたくなったのである。

〃美人服〃を買った

私が連載小説を書いているある女性誌で「読者の集い」を開くことになった。人気の一流ホテルでミニ・コンサートを開き、着席式のフランス料理を食べるらしい。ファッション雑誌だから、お客さんもうんとおしゃれしてくるみたいだ。

「じゃ私もドレスか何か着ていくわ」

短い講演を頼まれている私は言った。そんな話が伝わったのであろうか、仲よしのディオールの広報の人から電話がかかってきた。

「そのパーティーの時に、うちの洋服を着てくれないかしら」

パーティーは、ディオールが協賛しているのである。

「そんなの無理よッ」

思いがけない依頼におびえた私は、ついとがった声が出る。

「私、この頃うんとデブになっちゃってさー、いくらダイエットやっても痩《や》せないの。とてもじゃないけどディオールなんか着られないわよ」

「大丈夫、大丈夫。サイズの大きいのをちゃんと探しておくわ」

何だかんだで、ディオールのものを着ることになった私。そして緊張の日々は始まる。

サイズが許す限り、いろんなブランドのものを着てきた私であるが、ディオールだけは一度も着たことがなかった。なぜって、あれは本当に〝美人服〟という感じがしません？髪なんかこう内巻きにしちゃって、肌もピカピカ、ネイルも完璧《かんぺき》。少女の頃から女であることの自覚と作戦を充分練ってきた人たち、そう「ヴァンサンカン」とか「ミス家庭画報」を読んでる人が着るもので、私なんかといちばん遠いところにあるものだと思っていたのだ。

ところがこのディオール、デザイナーを若いガリアーノに変えてからというもの、かなり雰囲気が変わってきた。保守的なエレガントなものも多いのであるが、ちょっと可愛い感じに崩したものがなかなか素敵なのだ。

私が密《ひそ》かにライバルと目している黒木瞳さん（人に殴られるヨ）も、今まではアルマーニやドルチェ＆ガッバーナなどが多かったのであるが、最近はディオールがお気に入りみたいだ。そんな何となく気になっている私の気持ちを察してか、

に出てくる女の人みたいに、私もこれを着たら男の人に大事にされるかしらん。こんな予感をおぼえるのは初めての体験だ。

露出

二年前のこと、私はチューリッヒで、ダナのイブニングドレスを買った。ちょうど冬のはじまりの頃で、

「クリスマスパーティーに行くかもしれないし……」

などといいわけして買ったのであるが、考えてみるとイブニングドレスを着ていくパーティーなんて、一度も行ったことないじゃないか。が、自分で言うのもナンであるが、その黒いイブニングドレスはわりと私に似合った。襟ぐりの大きいところも悪くない。化粧品会社からサンプルでいただく美容液をたっぷり塗りたくった結果、私のデコルテはかなり白く艶《つや》やかになっていたからである。

「ハヤシさん、すっごく似合う。こういうの日本人にはなかなか着こなせないわよねぇ……」

私も着たい
スリップドレス
ここの肉が
三重になってる

「ハヤシさんは背が高いから、すっごくいいですよ」

同行の女性二人も口々にお世辞を言ってくれる。が、そして二人は同時にこう言った。

「だけど、着る前にダンベルをやるべきですよ……」

二の腕をむき出しにするのは、あんまりだということらしい。

そんなこと他人から言われなくたって、鏡というものがある。首から肩がすっかり出ているこのドレスを試着する際、ひょいと横を向き私は愕然《がくぜん》とした。二の腕の幅と、私の横から見た体の幅とがほぼ同じではないか。腋《わき》の下は三重にぶよぶよとなって、ドレスの布からはみ出しているのである。

そんなわけで私はそのドレスを一度も着ていない。いや、一回だけニューヨークのメトロポリタン劇場に行く時だけ着ていったかしらん。その時はもちろん、ストールで二の腕をぐるっと巻いてったけどね。情けない。

私は自己顕示欲といおうか、露出の多いものは堂々と度胸で着こなしてしまおうというタチである。が、悲しいかな、自分のことを客観視することも出来る。他人の迷惑も、ちゃんと考えられる人間だ。よって、お肉を見せるものは出来るだけ避けるというファッションになっている。黒のイブニングは例外中の例外といっていい。

このあいだテッオとごはんを食べている時、

「この頃の女の子は、どうしてあんなに見せたがるんだろうか」

という話になった。このあいだテツオがクラブに行ったら、春まだ浅いというのに、ほとんどの女の子が下着としか思えないようなスリップドレスだったという。どの雑誌を見ても、今年はシースルーだのチューブだのというし。半裸の女の子たちが街に溢《あふ》れ出すのだ。

「ああいうのを見ると、一年中発情しているって感じだよなぁ」

テツオは例によって、自分に都合のいい解釈をする。

「見るからにヤッて欲しいっていう感じの格好してるからさ、こっちもそうしなきゃ悪いかなぁと思うんだけど、オレはもう元気がないしさ」

だからあんたは、いつまでたっても結婚出来ないのよと私は怒鳴った。

「女がいつだって、男の目を意識して服を選んでると思ったら大間違いだからね」

最近、女の体に対する愛着というか手のかけ方というのは、日増しにエスカレートしていくようである。エステへ行っても、まだ若くスリムな女の子が、全身コースを選んでいる。ボディケア商品は売れているし、みんなお風呂《ふろ》上がりにはエクササイズし、いろいろ塗り込むわけだ。そんなわけでみんなお肌がすべすべ、見えないところもキレイ。

夏になったら、そういうものを出して見せたくなるのはあたり前であろう。

それによくシェイプアップされた体というのは、あんまりイヤらしくない。ぽっちゃりとした脚にナチュラルストッキングはエッチな感じであるが、ほどよく筋肉がついた脚は素肌のままで全然平気だ。

私がもし若くて、自信のある体をしていたら、ジル・スチュアートのスリップドレスをいっぱい着てみたい。パーティーの時なんかも黒のマイクロミニよね。もうどんな視線が左右から来ても平気なのよ。

「だけどよ、やっぱり目のやり場に困るぜ」

とテツオはつぶやくが、それは彼が三十代というおじさん年齢だからである。

今どき女の子のチューブトップや、スリップドレスにむらむらくるような男の子が、いったい何人いるだろうか。

これは私は断言していいのであるが、近頃の若い男の子というのは性欲がかなり減退している。レイプ事件を起こす若い男の子の方が珍しい。みんな恋人とそれなりの性生活を楽しんでいるのであろうが、女の子の半分むき出しの胸を見て、

「ヤッてあげなきゃ悪いかナ」

などと考えるのは、テツオの年代までだ。

たかだか露出の多い服を見て、生唾《なまつば》ごっくんするほど、今どきの男の子が恵まれてないわけじゃない。絶対に自分を襲ってこないライオンや虎に囲まれ、自由にのびのびと体をのばす女の子……。私にはそんな風に見えるあのテの服は、案外いちばん男の目を気にしないファッションかもしれない。

温泉の掟《おきて》

週末を利用して温泉へ行ってきた。女のコに大人気の湯布院《ゆふいん》温泉である。私はずっと前からここが大好きで、二年にいっぺんぐらいの割合で訪れているのである。

さて各地の温泉をめぐり、かなりのオーソリティといってもよい私が、幾つかのアドバイスをしよう。といっても仲居さんへのチップの渡し方とか、共同浴場の入り方とかそういったものではない。もっと本質的なことデス。

まず第一に温泉は絶対に二泊以上すべし。一泊ということになると、朝もあわただしく帰り支度をしなくてはならなくなる。温泉の醍醐味《だいごみ》というのは、朝寝、朝風呂、朝ビールに尽きる。普段私は、トーストに紅茶といった朝食であるが、温泉は和食にする。湯豆腐、漬け物、海苔《のり》、ワサビ漬けなど、和の朝食はお酒のおつまみになるものが多いのだ。髪も

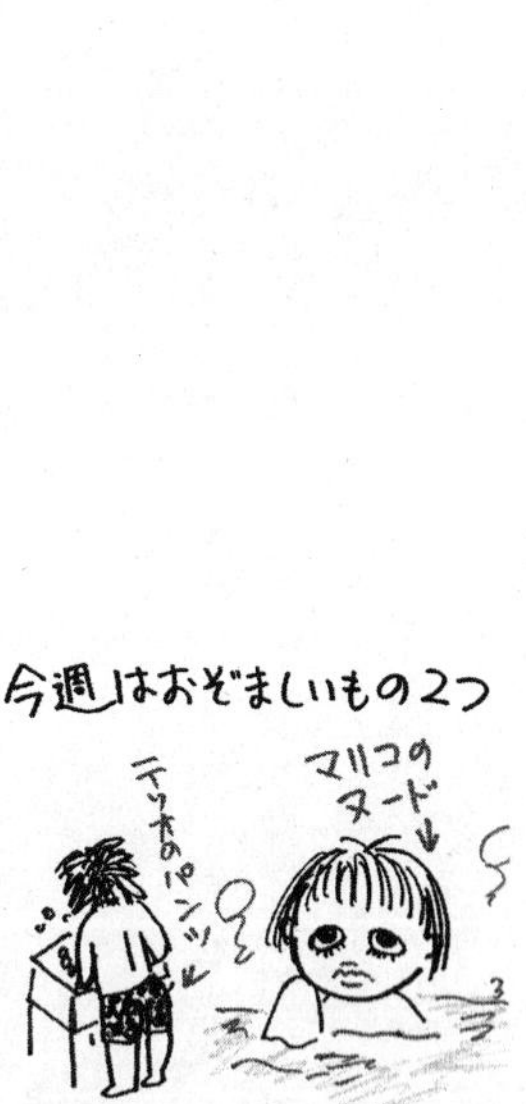

ボサボサ、化粧もせずに湯上がりにビールと朝ご飯を食べ、浴衣《ゆかた》のままゴロゴロする。もう、極楽というもんデス。

だからこそ重要なことは、

〃温泉へは恋人と行ってはいけない〃

ということである。

夫婦とか、かなり長く慣れ親しんだ彼ならばいいけれど、まだ熱い仲の男性とは絶対に行かない方がいい。

なぜなら温泉というのは、すごい分量の日常が持ち込まれるからだ。普通、旅行するとしますね、その場合ちゃんとハレとケが用意されている。昼間はちょっとおしゃれをして、観光をしたりドライブしたりする。スポーツ好きの二人だったら、ゴルフをしたり泳いだりという、また一応のイベントが用意されているわけだ。その上でのホテルのシチュエーションがあるワケ。

が、温泉地というのはそんなに観光するところがない。せいぜいが近くを散歩するぐらいだ。どうしたって部屋の中に入りっぱなしということになる。浴衣が色っぽいとか、うなじの後れ毛がいい、なんてカレが誉めてくれてちょっといい気分になるかも。が、長く続かない。だってね、朝から晩までずうっと一緒なので、まるっきり気が抜けないのだ。

普通の旅行なら、お化粧して外に出ていくという心の張りもある。が、日に何度もお風呂から出たり入ったりするんだったら、そんなもんうっとうしいだけ。寝ころんでテレビでも見たいナと思うけど、彼の目も気になる。それより何よりトイレが困る。

彼と旅行する時、女のコがいちばん悩むのがこのトイレ問題ですね。もちろん〝大〟の話。最近はすぐににおいを消す携帯式のスプレーもあるけれど、ああいう小細工はすぐに見抜かれるようだ。

ホテルのバスルームなら、中から鍵《かぎ》をかけ、ゆっくりバスにつかっているふりをして長居をするテもある。が、温泉の場合そうもいかない。うんと高級なところなら部屋に専用のお風呂がついているが、たいていの場合はトイレだけ、お風呂は大浴場になるものね。

やっぱり温泉というのは、女と行くに限る。私は、つい最近親しい女性四人で温泉に出かけたのであるが、食っちゃ寝食っちゃ寝の末、夜はすさまじい男懺悔《ざんげ》という世界に突入したのである。が、日頃は忙しくてストレスのたまっている私たちだ。このくらいの楽しみがなくてなにさとばかり、一晩中騒ぎまくった。その温泉旅館は離れ形式だったので、明け方まで賑《にぎ》やかに出来たのである。おかげで、帰る時はみんなすっきりとした顔になっていた。

そう、温泉はリラクゼーションの場なのである。エステに行くのに男を連れていく人はいないであろう。それと同じこと。

さて、もう十年以上前のことになるが、私はテツオと一緒に温泉旅行に出かけたことがあるが、もちろんのこと女友だちもいて三人の旅行だ。場所はやはり湯布院温泉の離れの一室に私と女友だちが泊まり、ちょっと小さい一室にテッオが泊まった。

私の女友だちは、田舎の女のコなのでテッオのことをよく知らなかった。もしかすると私の恋人で、私がカモフラージュのために彼女を誘ったと疑ったらしい。が、私たち二人の様子を見て、全くそんな仲ではないとすぐにわかったようだ。なんだか寂しい話である。

ここで私はテッオのパンツを見てしまった。ご飯よと部屋に呼びに行ったら、パンツ一枚で洗濯をしていたのである。もし私がテッオの恋人だったらやっぱり幻滅したと思う。

私が今、独身だったとしても、やっぱり彼とは温泉に行きたくない。男と温泉に行くというのは、やはりオヤジ、オバさんっぽい行為である。エッチっぽい。体力があんまりないカップルという感じがする。それよりも若い恋人には他にふさわしい場所があるのではなかろうか。

ところで温泉に二泊して、私は二キロ太ってしまった。食っちゃ寝のツケはあまりにも大きい。ああ、ダイエットも出来る温泉というのはこの世にないものであろうか。しかしまた行きたい、近いうちに行きたい。温泉は男の人が不必要な、数少ない女のパラダイスなのである。

着物リサイクル推進月間

地味な着物に
派手な帯がかわゆい・
日本舞踊始めてから、
動きがエレガント！

ここんとこ私は本当に忙しい。

大きな文学賞をいただいたので（さりげなく自慢する私）、インタビューやお祝い会があるし、もちろん連載の仕事もいっぱい。それ以上に大変なのが趣味の世界で、週に二回の日本舞踊、週に一回の声楽レッスンは欠かせないものになっている。その合い間に、夫のごはんをつくり、二匹のネコと遊んでやらなければならないのだ。時々デイトもする。

もちろんダイエットにも励む。先日友人がハワイのお土産に錠剤をくれた。泉ピン子さんはこれで十キロ痩《や》せたそうだ。が、英語の説明書が難しく夫に訳してもらったところ、毎日三回、食前三十分前に飲むようにと書いてあった。

これがどれほど大変なことか、やったことのない人にはわかるまい。食後三十分なら簡単であるが、食前となるとつい忘れてしまう。おまけに三十分というのが難しく、約束の店に着く時間を見計らったりしなくてはならない。タクシーや電車の中で気づいても、大きめのカプセルなので水なしで飲むわけにもいかず、飲めないこともしょっちゅうだ。効果はまだない。もしかすると、意地悪な夫はわざと違ったことを教えたのではなかろうか……。

さて、私がデブになったのは前からお話ししていると思う。ダイエットは一進二退というところか。青山ナチュラルハウスで買った、一食八十キロカロリーのスープ&ビスケットの夕食を三回とると二キロ痩せる。が、次の日会食でご馳走《ちそう》をいただくと、一晩で一、二キロ増える。三回続くと三キロはすぐにいく。あわてて次の日からダイエット食に切り替える。この繰り返しである。空しい……。

デブになったために多くの服が着られなくなった。昨年の初夏は、今より十キロは少なかったはずだ。それゆえノータックパンツも、肩を出したワンピースもOKだった。が、このあいだ、パンツの方は無理矢理はこうとしたら、チャックが壊れてしまったではないか……。ああ、ワインが憎い。イタリアンが憎い。「アンアン」推薦の中華の店が憎い……。

おしゃれはしたいが、昨年の洋服は入らず、今年のもんはサイズがない。あと五キロ痩せなくては、店に行っても恥をかくだけであろう。

そんなわけで私は家の中のリサイクルに励むことにした。リサイクルといってもお洋服じゃない。これからはうんと着物を着ようと思ったのである。

私は十年以上前から着物に凝っていて、いろいろなものをとり揃えた。が、普段に着ることはあまりない。ご存知のように、着物というのはわりとフケて見えるし、いかにも女流作家然としていて恥ずかしい。そんなわけで日舞の関係の会、パーティー、結婚式以外ではあまり手を通さなかった私であるが、これからはカジュアルなものに挑戦しようと思いついた。幸いなことに、私は髪をボブにしたばかり。「アンアン」によると、今年一番新しい髪はボブだそうだが、これは着物にもとてもよく似合う。美容院へ行ってアップ、あるいはブロウ、ということをせず、自分でひょいと着物を着てしまえばいいのだ。

ちょっと友人とご飯を食べる、という時には、紺色の大島にピンクの帯を締めていく。この帯は鹿《か》の子《こ》模様になっていてとっても可愛いの。別の時は薩摩絣《さつまがすり》に、赤のチェックの帯を合わせた。着物というと訪問着や振り袖《そで》を連想する人がいるかもしれないが、織りのクラスのものだとワンピースの感覚である。バッグはプラダのものにしたり、ドルチェ＆ガッバーナのエナメルをひょいと持ったりする。

道行きコートはオバさんっぽいからしない。二年前にパリのエルメス本店で買ったブルーのショールをかける。

着物を着ていくと、とにかく男の人がやさしい。お店だって特別扱い。コーヒー一杯飲むのにナプキンを持ってきてくれる。

私はこの頃、羽織もちょっといいかナと思い、わざと昔風の野暮《やぼ》ったい丈のものを作った。市松模様のモダンな着物に、朱色の長い丈の羽織をひっかける。そして家を出て原宿を歩く。表参道は個性と派手の競い合いであるが、着物は決して負けないぞ。

私はよく歌舞伎座へ行くが、そんな時、若い女の子が小紋なんかを着ているのを見るととても嬉《うれ》しい。最近は私の大っ嫌いなニューキモノっぽいのが次第に流行《はや》らなくなったようで、みんなきちんとしたものを着ている。決して高価なものではないだろうが、若い人が小紋や絣を着ているのはとてもいいモノである。女友だちとしめし合わせたらしく、二人づれの着物姿の女の子が目立つ。

もうTPO、などという言葉はとっくになくなったが、私はいつ、どんな時にもセーターやジーンズを着て現れる女の子が嫌いだ。髪型やセーターがどんなにきまっていても、ちっともおしゃれじゃないと思う。なぜなら、いつもと違う場所に行く時には自分を変える、着ていくものを工夫する、という楽しさを拒絶しているからだ。気取ったレストランや劇場に行く時には、やっぱりセーターじゃ悲しい。このあいだ歌舞伎座で、コムデのワンピースを見たが素敵だった。頭のいいコは、自分らしさを守ったまま、やることはちゃんとやる。

醜聞《スキャンダル》の真相

たまにはごはんを食べようということで、六本木のイタリア料理店に、秋元康さん、柴門ふみさん、北川悦吏子さんが集まった。

北川さんは赤ちゃんを産んだばかりで、すっごく綺麗《きれい》になっていた。襟ぐりの大きいワンピースを着ていたのであるが、胸が二倍の大きさに成長し、女性陣の羨望《せんぼう》の的となった。

が、その夜の主役は何といっても「蕩《とろ》ける夜」問題の秋元康さんである。ご存知かどうか知らないが、女優の葉月里緒菜ちゃんと秋元さんとのスキャンダルが、「西麻布、蕩ける熱い夜」というタイトルでこのあいだ週刊誌にのった。なんでも西麻布のバーで、酔っぱらった里緒菜ちゃんが秋元さんにしなだれかかりキスをしたんだそうだ。

が、この記事はあまりにも怪しい。二人のビッグネームに比べ記事の小さいのは、あき

らかに雑誌側に自信がないせいである。

本人の秋元さんにしても、

「まいっちゃうよ、本当に」

などと言いながらも、まんざらではなさそうである。

「秋元さん、この後、その〝蕩ける夜〟に案内してよ」

と言ったら快諾してくれた。柴門さんや北川さんは、

「明日、子どものお弁当つくるから」

とか、

「ベビーシッターさんが帰るから」

という理由で、食事の後すぐに帰ってしまった。二人とも魅力的な人妻であるが、こういう健全な思想では〝蕩ける夜〟は当分こないであろう。

さてテツオなんかと一緒にどやどやと行ったバーは、一見どうということのない店である。広いのと来ている人がさすがにおしゃれであるが、カフェバー出現時の昔や、バブル期のカッコいい店雨後のタケノコ状態を知っている私にとっては、むしろ落ち着いたシンプルな店に見える。

「ね、どうってことない店でしょう。こんなところでキスなんか出来るわけないでしょう」

と秋元さん。確かにこの店はあまりにも人が多くて騒がしい。が、ひょいと後ろを向くと白人の男女がキスをしていた。

「ほら、しようと思えば、どこだってキスは出来るよ」

「だけどさ、よりによって葉月里緒菜みたいな目立つコと、こんな店ですることはないよなー」

とテツオ。そうね、こういうところでキス出来るのは、普通の人々の特権だもんね。〝業界一の大物〟(週刊誌による)と、人気女優さんがする場所ではない。

が、久しぶりに流行の店に連れていってもらって、いろんなことを思い出しちゃったワ。あれは十年以上前のこと、ロフトブームで芝浦埠頭《しばうらふとう》あたりが注目され始めた頃だ。テツオと毎晩のように遊び歩いたっけ。あの時、テツオと行ったのは、倉庫を改造してディスコ兼バーにした店であった。ものすごく馬鹿馬鹿しい店であったが、あれは今どうなっているのであろうか。おそらくとうの昔に存在していないはずだ。

新しく出来て、面白《おもしろ》いといわれる店は必ず一回は行ってみた。あんな夜遊び時代は、もう二度と来ないのかしらん。

「再デビューはもうむずかしいかねー」

「うーん、かなりね」

とテツオ。テツオも最近疲れやすくなって、めったに遊びに出かけないそうである。が、夜遊びの相手にテツオぐらい適した男はいない。誰でもそうであろうが、店のドアを開け、中を進んでいく時は緊張しているものだ。みんなちらりと私の連れを眺めていく。仕事の流れでチンケな男の人と一緒の時なんか、私は泣きたくなってくる。

「違うのよ、この男とは何の関係もないのよ。たまたま今まで一緒だったから、ここに来ただけよっ」

と拡声器で叫びたい気分。が、テツオは容貌《ようぼう》、雰囲気共に文句ない。女の人たちが羨《うらや》ましそうに見て、ああ、気持ちいいったらありゃしない。

が、気持ちよくても心がときめくことがない。恋人でも何でもないから、やはりお店に行く時というのは、無関係のハンサム男よりも、普通の外見の恋人でありましょう。私たちのこと、誰も見破ってないわよね、と思いながら、さりげなく並んで腰をかけるわくわくするような気持ち。テーブルの下でわかんないように手握ったり、目を見つめ合ったりしてさ。もちろんキスなんかしなかったけど、それ以上のことを目と目でしてたかも。

そう、みんなお酒を飲みに行くためにだけバーに行くんじゃない。自分の好きな人を見せびらかしに行くんだ。

考えてみれば、バレたくなければ芸能人の人たちはうちで飲んでいればいいんだ。もしくはホテルの部屋でルームサービスをとればいい。そうすれば露見することはないだろう。だけどみんなそれじゃイヤなんだ。時代の風がいちばん吹いてくる店に、好きな人と身を置きたいと思う。人のざわめき、音楽、いちばん新しい風の中で見つめ合う。こうして思い出って出来ていくもんなんだ。あの時をどう生きたかの目印は、仕事なんかじゃなく、誰とどんな店に行ったかだもの。

白Tシャツの罠《わな》

私は原宿の真ん中に住んでいるが、人混みは出来るだけ避けている。

土日の表参道には出ないようにしているし、竹下通りなどももう何年も歩いたことがない。が、春休みとなると親戚《しんせき》のコたちが上京してくる。まあ、おばさんとしてはメイやハトコにスカートの一枚も買ってあげなければいけないわけだ。

そんなもんで半日、買い物につき合わされることになった。行ったところはラフォーレである。ここの前は待ち合わせのメッカだ。以前私は、夕ごはんを食べようと夫とここで約束していた。ところがやってきた夫は、私を無視して通り過ぎようとするではないか。

「若いコに混じって、キミみたいな年の人がぼうーっと立っていてみっともない」

とぷりぷりしている。確かにラフォーレへ入っていくのは、年齢制限があるかもしれな

い。が、今日は〝付添い〟という大義名分がある。日頃はちょっと行きづらいショップも、どれのぞきましょう。

私はこう見えても、可愛いもん好きである。シノワズリをアレンジした、マーガレットの刺繍《ししゅう》のあるツインニットなんかいいなぁ、と思う。が、高校生のメイッコは完璧《かんぺき》にストリート系だから、そういう私をやや軽蔑《けいべつ》の目で見る。私はそのニットを諦《あきら》めた。ツインで四万円というのも気にくわない。

不思議なもんで、ふだんブランド品が大好きな私も、ラフォーレの中を歩くと金銭感覚がしっかりしてくる。なぜならここのものはたいてい千円単位である。ちょっと高いものも一万円を越すぐらい。四万円、といったら、それこそ贅沢《ぜいたく》の極みであろう。

それにしても、どの店も売っているものがどうして似ているんだろう。薄手のニットのキャミソールか、刺繍入りのオーガンジーワンピース。どうやらこの二つが、原宿ファッションの主流らしい。

私は付き添ってお金を払うだけの身の上が、次第につまらなくなってきた。そんなわけで買い物に参加することにした。チェックすべきものは、白Tシャツかカットソーであろう。白Tシャツは夏の必需品というべきものであるが、いいものを探すとなると非常に困難である。

私は白Tシャツにはすごいこだわりがあり、まず無地で上等な素材であること、インナーとして着るので、襟ぐりが詰まっておらず、ちょっと鎖骨が見えるぐらい、という条件があるのだ。この条件をかなえてくれるTシャツは、カルバン・クライン、ダナ・キャランといった大人のブランドで売っている。が、値段が高く一万円以上するのだ。ワンシーズン着尽くせば黄ばんでくるTシャツに一万円じゃ、やっぱり高過ぎるではないか。

ひと夏だけのものと割り切って、Tシャツはうんと安いものを買おう。ラフォーレの中をくまなく探せば、白い無地のTシャツぐらいいくらでもあるだろう、と思ったのが間違いだったんですね。みんなプリントが入っている。それぞれデザインの凝った可愛いものだが、やっぱりねぇ……。

が、私は一軒のショップでVネックのTシャツを見つけた。Vの開き具合も小さくて、なかなかいい感じ。それよりもとてもいい生地なのである。これで千三百円は安いわと、私はレジに向かった。ウインクしている若かりし日の浜美枝が表紙を飾る、レトロな手帳も買うことにした。

ところが、レジの女の子は無表情にこう告げるではないか。

「一万六千円いただきます」

いやーね、と私は笑った。

「間違えてるわよ。私が買ったのはこの二つだけですもの」

「あのー、Tシャツが一万三千円なんですけど」

ひぇーっと青ざめる私。こんなものいらないと突っ返そうとしたのであるが、恥ずかしくて出来なかった。

が、ラフォーレでどうして一万三千円のTシャツを売っているんだ。そんなものはザ・ギンザか日本橋髙島屋で売れと、私の怒りはなかなかおさまらなかった。

私はそのTシャツをうちに置き、来た人々に自分の不運を訴えた。が、編集者たちは口口にこう言うのだ。

「だけどハヤシさん、このTシャツって袖《そで》がすごく凝ってますよ」

なるほど二段に分かれて面白い味を出している。だからといって一万三千円はあまりにも高いのではないだろうか。これは原宿という共同体の掟を裏切るものではないか！

義憤にかられる私のところへ、テツオがやってきた。そして紙袋を見て言う。

「あのね、ここは有名なセレクトショップなの。世界中から最先端のものを集めてくるんだから、高くても仕方ないよ。コギャル相手の店じゃないよ。へぇー、この店を知らなかったの、信じられないよ、遅れてるよ、相当」

私は口惜しかった。原宿に住み、あらゆる雑誌を読み、いろんなブランド、ショップは知っているつもりでいたのに……。おーし、これから毎日ラフォーレへ行ってやる。竹下通りへも見学に行くぞ、と誓った私である。今日はこれから青山のコムデへ行き、雑誌に出ていたバラの模様のブラウスを買う予定。

中田との、あの夜

日本中が、中田、中田、中田と騒いでる。

私のまわりでも、いままでサッカーに興味のなかったようなオバさんまで、彼にお熱を上げている。全くけしからん。こういう人のことを本当のミーハーというのであろうが、私も、もちろんこうしたうちのひとりである。

私は前から前園のファンで、彼に対する気持ちはいまも変わっていない。ちょっと不調になっているものの、彼だったらすぐに前のパワーを取り戻せるだろうと信じている。

そう、私は、一度好きになった男を忘れない。昨年の対談の際、二人で撮った写真はずうっと手帳に入れているし、彼と行った焼き肉のことは、ずうっと私の大切な思い出だ。私はゾノに心中《しんじゅう》だてて、中田のことを好きになるまいと思っていたのであるが、聞けば二

茶色のセーター!
その日の中田君
マリコ画伯から原画プレゼント
抽選で一名!

人は親友同士というじゃないの。それに、やっぱり中田は素敵《すてき》ですよね。試合している時もいいけど、ユニフォーム以外のものを着たらまた最高。あんだけ洋服を着こなせる人は、タレントの中にもいるもんではない。

私の仲良しの女性編集者で、この頃中田と親しくなったのが出てきたので私は口惜しくて仕方ない。

「昨日さ、ヒデとご飯を食べたの」

などという言葉を私はどんな思いで聞いたことであろうか。口が裂けても、

「一回会わせて」

なんて言いたくない。私にもプライドというものがある。それに彼が私のことを知っているわけもないであろう。が、私と彼は何あろう、大きな共通点があるのだ。ジャーン、同じ山梨県出身なのである。

山梨はなまじ東京に近いばっかりに、よくイジめられる。かの田原俊彦さんは、山梨出身ということを必死で隠そうとしていた。そういうミエっぱりは、よくないと思う。

中田が山梨県出身ということは、皆が知っている。本人もそれについて、どうということはないようだ。ごく自然にふるまっている。

それにしても中田って、どうしてあんなにおしゃれなんだ。山梨県人だなんて、どうしても信じられない。

この間、マガジンハウスから出ている「ブルータス」の表紙に、中田が登場した。多分グッチだと思うのだけれども、黒いスーツに身を固めた彼のカッコいいことといったらない。関係者の話によると、このポスターや中吊《なかづ》りはたくさん盗まれたそうだ。ポスターだけではない。彼の写真集も、あっという間に売り切れたという。いま日本でいちばんの人気者が同じ郷里出身というのは、なんと嬉《うれ》しいことであろうか。思えばデビュー以来、山梨出身ということでかなり悪口を言われてきた私。「田舎者」だというのだ。が、見よ、日本でいちばんグッチが似合う若者は、山梨出身なんだぞ。

そしておとといのこと、知り合って間もない人たちと、麻布のイタリアンレストランへ出かけた。昨年オープンしたばかりで、とても流行《はや》っている。

「ハヤシさんって、どこの出身なの」

私の隣に座っていた人が尋ねた。

「私、山梨。山梨ってさ、民度が低くて文化不毛の地って言われてるの」

ワインに酔った私は、ぺらぺらと喋《しゃべ》り始める。こういう時、ふる里に対して人は偽悪的になるものだ。

「有名人がホントに出ない土地なのよ。私のうちの近所に、中沢新一さんのうちがあるけど、まあ、そのくらいかしら。作家も出なけりゃ、芸能人も出ない。トシちゃんは高校まで山梨だったくせに、横須賀《よこすか》出身ってずっと言ってきたのよ。ま、イメージとしちゃそっちの方がずっといいわよね。あー、でもね」

私はドンとグラスを置く。

「中田が出たのよ、中田がいるわよ。あの中田のおかげで、私たち山梨出身は、どのくらい肩身が広くなったか！」

やがて話題は、今日観たお芝居のことになり、私はパスタを食べながらふっと目を上げる。

なんと私の真ん前に、中田が立っているではないか。本物だ。背が高い。セーターが可愛い。

「中田だ……」

思わずフォークを取り落としそうになる私。彼はトイレに立ったらしく、そのまま私たちの後ろのテーブルに座る。ということは、さっき私の話を聞いてたのね。ああ、どうしよう。友人が小声で慰めてくれる。

「仕方ないよ。いま、中田の話題は、天気の話をするのと同じで、日本中がやってることなんだから。でも後ろに座ってるなんてことは、ふつうあり得ないけど」

中田のテーブルに座った人たちが、帰り支度についた。中に私のよく知っている女性編集者がいて、なんと中田を私に紹介してくれた。すっごく感じよく笑いかけてくる中田。

「前園さんによろしくね。彼と焼き肉へ行ったのよ」

どもって何を喋ったかわからない私に、彼はにっこりと話しかける。

「今度、僕も誘ってください。すごくおいしいところだそうですね」

もちろんよと言い、私は緊張のあまりこう口走った。

「あなたは山梨の誇りなんですから、がんばってね」

後に皆から、バーカとせせら笑われたひと言であった。痛恨！

キスの話

先日ホテルのスイートルームで持ち込みパーティーをして、すっごく楽しかった。

みんなかなり酔っぱらった時に、私が提案した。

「ねぇ、最後にエッチしたのはいつか、っていうのは問題あるから、最後にキスしたのはいつかを言おうヨ」

そうすると、お堅い仕事についている意外な人が、

「私はね、昨日の夜」

なんて元気よく答えて面白《おもしろ》かった。

ところでおととい、友人五人でディズニーランドへ行った。ディズニーランド十五周年パーティーで招待者だけであるから、どこも空いている。待ち時間ほとんどゼロで、おま

けにどのアトラクションも乗り放題という楽しい催しだ。私はここの招待が来るたびに、どんなことがあっても行くようにしている。

三時間、脚が棒になるくらいあちこちのアトラクションを渡り歩いた。そしてその中のひとつでの話。観覧車はどれもガラガラであった。ひとつの車に私たちグループだけが乗るという贅沢《ぜいたく》さである。そして私は振り向いて驚いた。空だと思っていた後ろの観覧車にひと組だけカップルが乗っていて、その二人がしっかりとキスをしているではないか。ディズニーランドの特別の日だから出来る、特別のキスであろう。

キスをする瞬間というのがある。タイミングと言い換えてもいい。突然〝される〟というのではなく、お互いの気持ちがぴったり同じ時に寄り添い、まるで磁石が吸い寄せられるように、同じ速度で歩み寄る時。女のコにとって至福の時である。

私の経験だと、これはソファから「もう帰るから」と立ち上がる時、あるいは車の中でちょっと話が途切れた時などに、起こる確率は高い。

最近の若いコは、話を聞くとどうやら独立したキスの思い出がないようだ。初めてキスをした時に流れでベッドインしてしまうため、そちらの強烈な記憶にすべてかき消されてしまう。

しかし、恋というもののメンタリティをいちばん楽しめる時期というのは、二回ぐらいキスをした後ではないだろうか。まだ女のコの肉体を手に入れてない男のコは、うんとうんと優しくなっている。髪なんかを丁寧に撫《な》でてくれるはずだ。そして今度はふたりっきりになりたいとか、どこへ行こうか、などとささやく。が、拒否権はまだ女のコの方にある。

これが肉体関係に突入すると、それはそれで楽しいが、暗くどろどろしたものも同時に発生してくる。時々〝手のひら返し〟男もいたりして、女のコは猜疑心《さいぎしん》に苦しむ。嫉妬《しっと》だって生まれてくる。心が優しく、相手のことを愛することが出来る女のコほど、肉体関係によってイヤな女に変わることもある。

だから、もっとキスだけの期間を楽しめばいいのに、と私は言いたい。キスだけだと女のコはいくらでも強気に出られるはずだからね。

「そういえば、ハヤシさん、この話を知ってますか」

仲のいい編集者が電話をかけてきた。彼の会社にA子さんという女性編集者がいるのであるが、彼女はこの業界きっての〝魔性の女〟と言われている。モテ方がすごいのだ。まだ三十をちょっと出たばかりなのであるが、離婚経験がある。しかも、原因は彼女の不倫だったというのである。そしてその不倫相手と同棲《どうせい》して別れ、今は別の男性と同棲中だ。

こう書くとすっごい美人と思われそうであるが、彼女は宮川花子さんをもっと太らせたタイプと思えばよい。ペコちゃんにも似ているかも。完璧《かんぺき》な三枚めの女性で喋り出すと止まらない。その話がおかしくて、私たちはお腹を抱えて笑ってしまう。

私たちの宴会には欠かせないスターといってもよい。

性格もいいし、よく見ればキュートなところもあるけれど、うーん、やっぱりモテるタイプではないような気がする。

「あの人を見てるとね、私の論理が狂っちゃうの。私の長年の勘と経験、そして作家としての洞察力をフル回転させても、あの人ってモテる女じゃないんだもん」

「でもハヤシさん、私はあの人ぐらいモテる女の人を見たことがありませんよ」

他の女性編集者が、なぜか悲しそうに言った。

さて、電話をかけてきた編集者は、このような情報をもたらしてくれたのである。

「ハヤシさん、知ってますか。A子が今の彼と初めてどこでキスをしたか」

「そんなこと、知るはずないでしょう。たぶん、どっかの居酒屋を出たとこじゃないの」

「それがね、西麻布の交差点だったっていうんですよ」

「えーっ、それはよくないんじゃないの」

あそこでキスが出来るのは、欧米系の外国人、日本人だったらモデルかタレントに限られている。

「本当に図々しいですよね。でも、あいつって、時々ロマンティックで大胆なことするんですよ」

なるほど、彼女のモテる秘密をほんのちょっぴりつかんだ気分。三枚めの女のコが、好きな人の前でだけ二枚めになる落差。男のお笑いタレントがモテるのと同じ原理だ。その手はじめにキスをする。自分がどんなに恋に向いている女かというパフォーマンスを、彼女は示すわけである。

夏が来れば、サングラス

西麻布に、突然巨大なレストランが出現した。このあいだまで駐車場だったところに、SF的な速さで八百五十席のチャイニーズレストランが出来たのである。

さっそくテッオと出かけることにした。中に入る。とにかく広い。体育館のような店内である。お昼のこととて、ギョーザや炒《いた》め物をのっけた飲茶《ヤムチャ》のワゴンが行ったり来たりしている。ニューヨークのチャイナタウンに、これとそっくりのところがあるのを思い出した。

私たちは店の隅のテーブルに座ったのであるが、ここはワゴンの通行量がいちばん少ないところである。

「すいませーん、こっちお願いしまーす」

結構大きな声を上げて呼び止めなければならない。そして大根モチを頼もうかどうか考

えながら、ワゴンの行方を見つめていた時だ。そこへ篠山紀信さんが、ロケの帰りらしくスタッフを連れて入っていらした。私はご挨拶《あいさつ》する。

篠山さんはサングラスをかけていて、とてもカッコよかった。芸能人とはまた違う目立ち方である。

そして私はわかった。

「そうか、サングラスというのは必然性ということが何よりも大切なんだ」

私は毎年夏になると、サングラスをひとつかふたつ買う。一度もしないことの方が多い。それでサングラスはたまるのみである。うちにはサングラスがごろごろしている。

それでは昨年のものでいいかというと、やはり流行は微妙に違う。水着と同じで、古いものだとなんだか悲しい。サングラスや水着を買うということは、夏を買うのと同じことだものね。

私はサングラスが好きであるが、似合うものを選ぶのに苦労する。顔の幅が広いためにジョン・レノン型だと全く駄目だ。

「そんなことないよ。ちょっとボクのをやってみなよ」

はずしてかけさせてくれた男の人がいた。かけてみる。目がはみ出す。あの時はその場にいた人たちも、一瞬シーンと黙り込んでしまった。

が、私はそれでもけなげに、毎年新しい型のグラスに挑戦するのである。今年はもちろん中田がやっているのと同じカラーグラスである。いきつけのショップで、黄色いグラスを見つけた。かけてみる。どう見ても似合うとは思えない。

「そんなことないですよ。ハヤシさんはいろんなタイプをひととおり持っているんだから、今年はやっぱり中田グラスじゃなきゃ」

と店員さんが言うので買ってしまった。うちに帰ってかけてみる。秘書のハタケヤマがはっきりとした口調で、

「やめた方がいいと思います」

と言った。やっぱりやめておくか。

さて、私は街を歩いていて、サングラスがサマになる人が本当に少ないなあとつくづく思う。ひと頃に比べれば、ケタ違いによくなったけれども、それでもお手本にしたいなあ、と思うような人はほとんどいない。

私はサングラスが似合うには、ある程度の背丈がなければならないと思っている。それと顔の迫力であろうか。もちろん服のセンスがよくなければ、サングラスが浮いて見える。それよりも何よりも、サングラスをする時に照れは禁物だ。私などはいつはずそうか、などとびくびくしているので、ますます似合わなくなっているのである。

サングラスをかける時に重要なことは、さりげなさということである。篠山さんの着こなしのように、「たまたまかけていた」という姿勢を持つことだ。陽射しが強いんだもん、

素顔を見せたくないんだもん、人に顔をさらしたくないんだもん……等、考えていくとやはり芸能人にサングラスはよく似合う。演歌を歌っているオバさん歌手だって、芸能人はサングラスのかけ方がうまい。なぜなら必然性に満ち満ちているからである。

芸能人とサングラスというのは面白い関係で、あれで顔を隠せるものではない。それどころか目印になることだってある。空港でちょっと目立ってサングラスをかけている人がいたら、芸能人と思ってもよいであろう。が、サングラスをかけることによって、彼らは一般人と自分とを遮断しようともする。

「わずらわしいから近づかないでちょうだいね」

という暗黙の了解が出来る。もっとも私なんか近づいてじろじろ見たりするけれどもね。芸能人の自己顕示欲とプライド、おしゃれ心がミックスされたのがサングラスだ。似合うわけである。

最近私が見ていていちばんサマになっていた人は、中田クンを別にすると、離婚直後にマスコミ陣の前に姿を現した、ヒロミ・ゴーである。髪の毛なんかわざとらしくかき上げて、ナルシスト丸見え。ストライプのスーツとサングラスはお約束みたいにいい取り合わせであるが、それにしてもよく似合っていた。そう、サングラスをかけている時は決してニコニコしてはいけない。いくらか不機嫌そうに唇を閉じていることが大切だ。おーし、中田グラス、絶対に根性でモノにしてみせよう。

ケイタイ、デビュー！

長いことケイタイを嫌悪していた私である。私の住んでいる原宿では、三メートルごとにみんなケイタイを耳にあてている。交差点で信号待ちすれば、最低五人はケイタイで話している。

「ふん、たいした用事もないくせに」

レストランへ入ってもピーピー、映画館でもピーピー、私はその都度使用者を睨《にら》みつけたものである。

が、ひょんなことからケイタイを持つ身となった。読者プレゼントで何個か余ったからといって、編集者の人がくれたのである。

「悪いから使おうかナー」

とオットに言ったら、

「いまケイタイは百円とか五十円で売られてるんだぞ。タダでバラまいているところもあるんだから、そんなに義理に感じることはない」

ということであった。

結局こちらからかける時だけ使い、後は電源を切るようにした。が、これがものすごく便利なのである。タクシーの中でもゆっくりお喋《しゃべ》り出来る。公衆電話のないところでも安心だ。特に初めての待ち合わせの場所へ行く時なんて最高。歩きながら店の人に指示してもらうことも出来るのである。

が、そのうちにやっぱりかけるだけじゃ飽き足りなくなってきた私。人の話によると、

「ケイタイは不倫の一里塚」

というんだそうだ。夫や妻がケイタイを持ったら、まず怪しんだ方がいいという。

私にはほんのりと甘やかな気持ちを持つ男性が何人かいるのであるが、誰とも進展しない。私の魅力が足らないということもあるであろうが、秘書の存在も大きいと思う。電話はすべて秘書に取り次がれる結果、私の異性関係は彼女の把握するところとなる。

誰かと食事の約束をしても、彼女は手帳に、誰と会っていて何時に終るか、などをはっきりと明記する。

「○○さんは、この頃電話ないですね」

「この食事は、××さんですね」

などといろいろ言われると、なんかイヤな感じ。

もちろんプライベートの電話もあるにはあるのであるが、これは夫が受話器をとることがある。とられてもいい相手ばかりであるが、それでもたび重なるとみんな遠慮してしまうようだ。

が、見よ。私のバッグの中のケイタイ。これは未来の恋人と私とをつなぐホットラインではないか。かけるばかりというのは、いかにも惜しい。

さて、このあいだの誕生日のこと、私はグッチのメモ帳をもらった。黒革で小さくてすごくおしゃれなの。気に入った男性が現れたら、このメモに私のケイタイの番号を書いて渡すことにしよーっと。

当然のことながら、仕事関係、編集者の人たちなんかには絶対に教えないつもり。テツオも例外ではない。

純粋におつき合いしている人にだけ、ケイタイの番号を教えよう。

「あのね、私、やっとケイタイを持ったの」

いろんな人に言った。

「へぇー、そうなの」

とみんな、それがどうした、という感じなのが悲しかった。

が、中には、

「じゃ、教えてよ」

という人もいて、私はさっそくグッチのメモ用紙に書いてあげた。ところが何ということであろう。あれから十日もたつのに、私のケイタイは、ピーともチーとも鳴らないのである。

今の時代、ケイタイの鳴り具合は人気のバロメーターである。

私はつらく暗い過去をふと思い出す。大学生の時に、友人のアパートで遊んでいた。金曜日のこととて、彼女の電話は鳴りっぱなしなのである。それも私が憧《あこが》れていたサッカー部の先輩とか、同じクラスのハンサムな男の子とか、次々にかかってくる。

彼女が美人というのなら、まだ我慢出来る。が、彼女は全然どうっていうことのない野《や》暮《ぼ》ったいコじゃないか。頭にきた記憶がある。

あれから歳月が流れ、私は思う。

この世には、電話をかけやすい女のコというのが、確かに存在しているのだ。それはどういう女のコかというと、こちらが電話をかけても決して負担にならないコである。過大にものごとをとらない、先まわりして人の心を考えない女のコといってもよい。昔の私のように、たまに電話がかかってくると、

「私に気があるのね。私とデイトしたいんだわ」

とすぐに上ずった声が出たり、警戒心から声が固くなる、というのは論外である。

親戚《しんせき》のＯＬのコが、よくうちに遊びに来る。彼女のケイタイものすごい確率で鳴り響く。

「何よ、それ、カレシ？」

「違うよー、みんな友だちだよー」

とあくまでもさりげなく、自然に話をしている。そうね、ケイタイを持つだけで身構えている私のところへは、みんな電話しづらいはずだよねー。が、見ているがよい。いつか週末には、秋のコオロギのように、私のケイタイ、鳴りっぱなしにしてみせよう。

不倫の必需品なんて悪ふざけ言わないから、みんな気軽にかけてね。そう、気軽にね。

モンゴルの夜はふけて

モンゴルへちょいと遊びに行ってきた。
私もそれまで知らなかったのであるが、日本からモンゴルへはちゃんと直行便が出ている。ただし関西空港からであるが、飛び立って四時間半という近さだ。
さてモンゴルというと、遊牧民だとか羊の大群を思い浮かべる人が多い。私もそうであった。人々はゲルと呼ばれる移動式のテントに住んでいると信じていたのだ。だが首都ウランバートルは人口六十三万人の大都市である。高層ビルが建ち並び、車もいっぱい走っている。社会主義をやめてからディスコが何軒も出来たが、そのつくりが面白《おもしろ》い。ロシアが建てかけてやめた、なんとかセンターのような豪壮なビルの中にあるのだ。しかもネオンをほとんどつけていないので、旅人はちょっとわからないかもしれない。

円柱のある廃墟《はいきょ》のようなビルの中に入っていくと、突然出現する巨大なディスコ。かなり内装も凝っていて、音楽も最新のものだ。しかし悲しいかな、ほとんどの若者のステップがちょっと……。単に体を揺らしているだけなのである。家族連れも多く、パパとママの横で娘が踊りらしきものをしている光景は、正直言ってまだまだ〝発展途上〟という感じである。

「ああ、日本から神田うのちゃんみたいなコをいっぱい連れてきて、ここに立たせたらどんなにびっくりするだろうかな」

と私は思った。実はモンゴルに発つ前の晩、共通の知り合いに誘われて神田うのちゃんと焼き肉を食べたばかりなのである。顔がちっちゃくてバービー人形みたいに可愛かったうのちゃん。

実はモンゴルでひとつ講演をした。「日本の若い女性について」ということで、いろいろスライドを見せたりしたのであるが、神田うのちゃんに来てもらい、

「これが日本の最先端のいちばんカッコいいコです」

と言ったら、みんなどんなに喜んだかしらん。そしてディスコで踊ってもらう。みんな目をパチクリするだろう。そして真似し始める。本当にいい日蒙《にちもう》親善になると思うなあ……。

さて私たちのグループを、いろいろ案内してくれているモンゴルの〝遊び人〟は、今度

はナイトクラブに行こうと言い出した。そこは踊ることも出来るし、途中でストリップのショウも入る。もちろんそのテの女の人が客引きのために来ている、ちょっといかがわしい場所だそうだ。

行ってみると、そこはディスコなんかと全然違う。薄暗い照明に、テーブルがぽつりぽつりと並べられている。隣にはバーカウンターがあり、そのテの女性たちが客を物色しながらチビチビ飲んでいる。

「ちょっとイヤだなあ……。女が来るところじゃなかったかなあ……」

などと思い始めた時、ぞろぞろと女のコが入ってくるではないか。かなり派手な一行であるが、どうみてもそのテの女の人には見えない。十八ぐらいの女のコがテーブルを三つ陣取ってパーティーを始めたのだ。しかもシャンパンなんかを抜いている。

「あのコたちの正体はいったい何なんだ。オレはどうしても確かめたい」

私の友人がすっくと立ち上がり、彼女たちのテーブルに近づいていった。たちまちわきあがる、

「イヤだ〰〰」

「ウソ〰〰ッ」

といった感じの女のコたちの嬌声《きょうせい》。やがて友人が戻ってきた。

「友だちのバースデーパーティーをしてるんだって。よかったら、一緒に飲みましょうだ

って」

近づいてみて驚いた。この女のコたちはいったい何なんだ。メイクも髪型も、胸が半分見えるスリップドレスも、日本の西麻布にいる女のコたちとまるっきり変わらないじゃないか。

英語が喋れるので話をしたところ、モンゴル航空のスチュワーデスとか、外資系会社に勤める女のコたちであった。

「スチュワーデスっていうのは、どこの国でもよく遊んでいるなあ。世界共通だよな」

と男友だちがしきりに感心していた。

ちなみにモンゴル人というのは、いちばんDNAが日本人と近い。中国人や韓国の人よりもずうっと近い。だから彼女たちにしても、日本語を喋らないのが不思議なぐらいだ。

やがて彼女たちは踊り始める。私はまた、のけぞるぐらい驚いた。このステップのうまさは何なんだ。かなり踊り慣れていると見た！　長い髪のコがいて、それをかき上げたり、梳《す》いたりして踊るのだけれど、色っぽいったらない。細い腰を巧みにくねらせる。そのテの女のコたちがフロアに入ってくると、仲よく手をとり合って踊ったりするのはいい感じだった。

美人でカッコいい女のコたちは、女だけでツルむ。本当に踊りたい時は、男の目を無視して自ら陶酔の世界に入っていく。それも日本の女のコたちと同じだ。

私たち一行はお誕生祝いということで、あと二本シャンパンを抜いてご馳走《ちそう》した。

「また遊ぼうね」

「日本に行ったら会いましょう」

と手を振る彼女たち。

「モンゴルって、すげえ面白いとこだなあ」

と我々はため息をついたのである。

断念！「おしゃれスナップ」

恒例「『アンアン』おしゃれスナップ」の季節がやってきた。

お知らせを見ていたら、金曜日に原宿でやるというではないか。明治通りと表参道の交差点といったら、うちから歩いて三、四分のところである。さっそく見に行くことにする。

さて、この「おしゃれスナップ」については、多くの思い出を持つ私。若い頃は街で「出てくれませんか」と、よく声をかけられたものである（ウソ）。

一回だけだけど、なんと審査員をつとめたこともある（これはホント）。

しかし何といっても最大の思い出は、「札幌おしゃれスナップ・テツオ寄生虫事件」というものであろう。私が結婚した八年前のことだ。私は、もちろんテツオにも招待状を出した。彼は大層張り切り、タキシードを新調したと聞いている。

が、その直前、彼は札幌に出張に出かけた。おしゃれな女のコを街頭で取材するためだ。その夜彼は、よせばいいのに烏賊《いか》の刺身を食べた。その中に、かの森繁久彌さんも苦しめた寄生虫が潜んでいたのだ。テッオは札幌の病院で開腹手術をし、一ヶ月も入院したのである。

私の美しいウェディングドレス姿は、涙を浮かべながら病院のベッドで見たという。だから「おしゃれスナップ」は、彼にとってはつらく悲しい記憶と切り離せない行事なのだ。私も感慨深いものがある。

「テッオが私の結婚のショックで入院した」

とみなに言いふらしたのもあの頃だ。

しかし金曜日に、モンゴルから持ち帰った風邪をこじらせた私は、結局次の日にテッオと一緒に渋谷に出かけることにする。彼が言うには、平日よりも土日の方がおしゃれなコにあたる確率が高いということであった。

「ねえ、ねえ、『おしゃれスナップ』って、すっごくたくさんの女のコが、私を撮って、撮って、ってやって来るんでしょう」

「昔は行列が出来たけど、今はそんなことはない」

と、テッオ。街を歩くコの中にもレベルの高いコがいるため、スタッフが手分けして通りでスカウトしてくるのだそうだ。私たちは公園通りから一本入った、ビンボーったらしい小さな公園のベンチに座ってあたりを見ていた。この公園で撮影と取材が続いているのだ。

そういえばスカウトされて来た女のコばっかりで、自薦のコはあまりいない。けれどもどちらのコも、おしゃれに工夫をこらした可愛いコばかりだ。

今、街の流行はスリップドレスに薄いカーディガンを羽織るというのが主流である。みんな制服みたいにこれを着ている。が、「アンアン」の「おしゃれスナップ」に出てくるコはちょっと違う。自分だけの着こなしをちゃんと持っているコばかりである。メイクだって本当にうまい。私はつくづく感心してしまった。

スナップされるコはたいてい彼が一緒で、男のコの方が写真に撮られる彼女を、嬉《うれ》し気に誇らし気に見守っているのもいい感じ。

「日本の女のコって、まるっきり変わったよなあ……」

テツオがしみじみと言う。

「あの顔の小ささと脚の長さを見ろよ。この十年ぐらいで別の人種みたいだよなあ……」

そういえば、あんたも昔はすごい格好をしていたよなあ、とテツオが言う。

「髪はテクノカットで、ディップでピンピンに立てていた。着ているもんはショッキングピンクのシャツに、てらてらパンツ！」

私もテツオの古傷を書くが、あちらもこっちの古傷に触れてくる。

「そーよ、おしゃれなんて若い時にやり過ぎるぐらいのところまでやっとけばいいのよ。

そうやって引き算していけば、大人になって私みたいに洗練されてくわけよ」

「ケッ、よく言うよ。偽ミッソーニ着ている女が」

またまた痛いところをつかれた。

話が突然変わるようであるが、私はかねがねミッソーニの値段に大きな不満を持っていた。一枚ぐらいは欲しいが、あまりにも高過ぎるのである。私はデパートやショップをこまめに探した結果、ミッソーニにそっくりな半袖《はんそで》ニットを見つけた。八千六百円也。それを得意になって着ていたのであるが、テツオはどう見てもミッソーニには見えないと言い張るのである。

「今日はもっといい格好出来なかったのかよ」

と怒る。なんでも、

「『おしゃれスナップ』をハヤシさんも見に来てくれました」

ということで、私の写真も撮ってくれるんだそうだ。苦節〇十年……、やっと私が「おしゃれスナップ」に載る……。

「だけど別枠だよ。もちろんモノクロで小さい写真だよ」

と言われ、私にもプライドというものがある、きっぱりお断わりすることにした。よって今年の「おしゃれスナップ」に私は出ていません。あたり前か……。

そうそう、ショックなことがあった。公園に来てた女のコで私を知っていたコは、誰もいなかった。テツオも知らなかった。みんなこのページをちゃんと読んでいないらしい。

美人礼賛

魔がささない人生なんて

この頃 原宿歩いてるコ、
どうみてもスリップ姿！
私もフランス製の
古いの ひっぱり出す!!

私が常日頃から、カッコいいなあと思っているその男の人と六本木を歩いていた。

二人でイタリア料理を食べ、ワインを二本飲んだ。彼は私と全く違う職種であるが、それゆえ話が大層面白い。盛り上がってもう一軒飲みに行こうということになった。

六本木は旧テレ朝通りの裏の方、夜遅いからほとんど人通りはない。時折、ちらちらと二人の手が触れたりする。

そお！　もう長いこと忘れていたけれども、恋の始まりってこんな感じだったわよね……。その時、彼の声がひときわ大きくなり、それに混じって異なるヘンな音も聞こえてくる。まさか、と思ったけれども一応尋ねてみた。

「ねえ、今、オナラしたでしょ」

「したよ」

とあっさり答えたのはいいけれど、それまでのロマンティックな雰囲気は全く消えてしまった。私は腹が立つより先に笑ってしまった。

「私とこの人って、絶対に何も起こらないわね」

さて、話はもっと深刻なことになるのであるが、女のコを何年かやっていると、むずかしい問題が時折生じてくる。つまり、この男の人はずうっと友人のままにしておくか、それとも恋人に昇格していいのかという選別である。男の友だちとしてはすごく楽しい。気は合うし、電話一本ですぐ来てくれる。こちらが失恋した時は、ちゃんと愚痴を聞いてくれてとてもやさしい。あんまり楽しくないけれど、あちらの彼女のことだってちゃんと知っている。

が、モノのはずみといおうか、浮き世の義理といおうか、そういう男友だちとそういうふうな関係になってしまうということは時々起こるものだ。この後、たいていの女のコは、深い後悔にとらわれる。この後の展開がうまくいかないからだ。

「長いつき合いの友人が、ある時恋人に変わった」

などという神話は、あまり信じない方がいいかもしれない。やはり〝友人コース〟に振り分けておいた男は、〝恋人コース〟に移行するとどこか物足りない。私の若い友人は、学生時代からのグループの一人とつき合うようになったけれども、最近別れたそうである。

「私ってもともとメン喰《く》いなのに、彼ってブーだったの。でもね、話してるとすっごく楽しくて、あっちは私のことをずっと好きだったっていうから、ま、いいかナと思ってつき合い出したんだけど」

結局、彼女からさよならした、ということなのだ。美人でキュートな彼女はすごくモテる。学生時代から女王さまのように扱われたそうだ。私は作家としての好奇心から、ついエッチな質問をしてみた。

「彼にしてみれば、ずうっと憧《あこが》れのあなたと初めてベッド行った時、大感激だったんじゃないの」

「それがね、ハヤシさん、聞いてくださいよ」

彼女は唇をとがらせた。

「私たち、ずうっと友人でいたわけでしょう。恥ずかしくって、照れくさくって、なかなかそんなこと出来ないわけですよ。だから私、途中で、何か音楽かけてって、頼んだんです」

「うん、わかる、わかる」

「だけどね、彼ってちょっとマニアックな音楽の趣味があって、焦って選んだのがアフリカ音楽。マサイ族がエッホとか言って、かけ声かけてるんです。もう吹き出しちゃいました」

この時、もしかしたら長くないかナという予感が彼女の胸をよぎったという。女のコには、惜しかった、と思う男が二種いる。寝たかったのに駄目だった男と、寝ない方がずっとよかったと思う男だ。そういうことをしなければ、ずっといい友人でいられたであろう。たぶん十年とか二十年続く友人になって、お互い家族を持っても時々会うような男の人になれたかもしれない。それなのに恋人になったばかりに、気まずい別れをしてしまった。風の噂によると、こちらのことを恨んでいるともいう。

友人の間なら他愛ない意地悪ですんだことが、恋人になってくるとそうもいっていられなくなるのが、この世のならいだ。彼とは長く友人をしていたから、いくつかのグループを共有していた。彼と別れてから、そういうグループからもお呼びがかからなくなる。素《す》敵《てき》な人間関係も失うことになって、あーああ、本当にあんなことしなきゃよかったなあと思う。アレがもの凄《すご》くよかった、とかいうなら話は別だけれど、普通だったしィ、した回数だって多くはなかったしィ……とほほ……。

など愚痴っても仕方ない。人生というのは「魔がさす」ということが、多々あるものだ。酔ったはずみで長年の男友だちと、ついキスをして、それから……ということもある。

が、私は断言してもいい。〝魔〟に支配されない人生なんて、こんなにつまらないものはない。後でしまった、と思うことをしてしまう。それが若さであり、女である。そしてじくじく後悔をするんだけれども、それは甘やかな後悔だもの。女のコを綺麗《きれい》にしてくれる悔いなんだもの。

とにかく男にオナラされるようになったらおしまいです。それまで悔いの多い日々をおくろう。

夜を制するものは、体重を制す

ここのところ、怖いぐらいダイエットが順調である。十日足らずで五キロ痩《や》せた。

そもそも私は、〝女ロバート・デ・ニーロ〟と呼ばれるぐらい体重の増減が激しい。十キロぐらいすぐに太ったり痩せたりする。が、専門家によると、こういう人がいちばんよくないんだそうだ。長い間、ダイエット挫折《ざせつ》を繰り返した結果、とてもリバウンドしやすい体になっているという。

口の悪いテツオに言わせると、

「あんたの五キロは、普通の人の五百グラム」

体重の割合からいうと、五キロ痩せたぐらいでは、たいしたことがないそうだ。嫌な感じである。

さて、ダイエットを始める際、必ず何か新しいことをするのが私のならわしである。十日前、友人の家に遊びに行った時のことだ。私はそこの家の冷蔵庫にぴったり貼られた紙を見つけた。ある国立病院が作製した肥満患者のためのメニューだという。朝はグレープフルーツ半分、ゆで卵一個、夜は煮た野菜に肉と詳しく書いてある。簡単そうなメニューで実行できるような気がした。さっそくコピーしてもらってきて、私なりに変えて始めたのであるが、今のところ非常にうまくいっている。

私は市販されているプロテインを時々利用するが、ああいうのはあまりおいしくない。牛乳に溶かしてあっという間に飲んでしまうために、飢餓感がある。それよりもゆで卵をゆっくりと食べる方がいいかもしれない。

そして何よりも、私はダイエットのオーソリティとして、こう言いたいのである。

「夜を制するものは体重を制す」

夜をとにかく我慢する。夫のためにトンカツを揚げても、私は手を出さない。野菜の煮物とか、酢のものをつまむぐらいにする。夫はビールやワインの栓をすぐ開けるが、私はちょっと口をつけるだけだ。その代わり、ミネラルウォーターは食事の間中、がぶがぶ飲む。ゆっくりと時間をかけて水腹にしていくと、なんだか満ち足りた気分。何も食べずに寝ると「お腹が空いて眠れない」ということがよくあるが、野菜と水でお腹をいっぱいにしておけば、どうっていうことはないであろう。

しかし、問題がある。私は外食が普通の人よりもずっと多いのだ。ちなみに今週のスケジュールを見ると、
月曜日→早稲田のカウンター割烹《かっぽう》で会食
火曜日→青山の料亭で会食
水曜日→六本木のイタリアンレストランで会食
木曜日→青山の和食屋さんで会食
金曜日→この日は何もなし
土曜日→秋田で仕事。料亭で会食
こんなことを言うとイヤらしいけど、私が行くと張り切って作ってくれるお店は多い。私が喰いしん坊だということが、よく知られているからである。今までとても残すことなど悪くて出来なかったのであるが、こうした外食が、今まで私の挫折の原因となったのは確かだ。それで、私は、こういう手段をとることにした。
目の前に出されるカウンター割烹の場合、早めにこう言っておく。
「もう食べられないので、あと一品ぐらいでおしまいにしてください」
ご飯は半分ぐらいよそって、と頼んでおく。
さて料亭の個室の場合は、これはもう大っぴらに残す。コースの半分は箸《はし》をつけない。仲居さんが、

「お口に合いませんでしたか」

と尋ねたら、

「ごめんなさい。ダイエットしてたら胃が小さくなったみたい」

と一応謝っておくのが肝心だ。〝ダイエット中〟と言うよりは、この方がやわらかい。

さてここまでは、わりと気の張る人との会食の場合である。親しい友人と会食の場合、料理が運ばれたらササーッと、まずみなのお皿に分配する。

「ずるい」

「私も太りたくない」

という声があがるが、たいていは食べてくれる。私は夫と一緒の場合、どーんと彼の皿に移してしまうことにしている。

イタリアンの場合、気取った店は避け、シェアもOKの店を選ぶ。取り分ける場合、ほんのちょっぴりだけとるのだ。パスタはもちろん涙を呑《の》んでパスする。

ここでも、お酒の対策を忘れてはならない。早めにスパークリングのお水をもらっておこう。

さて、こうして食事は何とかなるとして、考えてしまうのは男の人とお酒を飲みに行く場合ですね。まるっきりお酒を飲まないというのは、二人のロマンティックな関係に水をさしてしまう。まずは一杯、甘いカクテルをいただきましょう。

「アルコールが少なくて、季節の果物をつかったものをね」

と言えば、綺麗な色のカクテルが出てくる。それをゆっくりと飲み、後はペリエを飲む。そしてちょっと酔ったふりをすると、素敵な夜はふけていく。

そうよそうよ、〝自分はデブ〟というコンプレックスのままお酒を飲むのと、自信を持って賢くお酒を断つのと、デイトはどっちが楽しいか。

言うまでもないだろう。

寝巻と女の人生

ダイエットと心配ごとが重なり、最近不眠症の日々が続いている。

ダイエットは、夕食をどこまで軽くするかが成否の鍵《かぎ》を握っている。したがって私は、ほんのちょっぴり野菜や魚を食べる。すると眠る頃には、お腹が空いて目が覚めてしまうの。

これに心配ごとが加わるもんだから、私はまるっきり眠れない。寝つきは悪いし、朝は夜明けの三時には起きてしまう。最悪の状態である。自分でも気づかなかったけれど、私って本当にナイーブな人間なんだ。

しっかり開いた目のままで、私は考える。

「ホットミルクを飲もうかなあ。それともワインでもちょっと飲もうかなあ……」

が、ミルクもワインもとてもカロリーの高いものだ。私は頭の中でカロリー計算をあれこれ始め、ますます眠れなくなる。

そんなある日、私は食事の約束があって代官山に出かけた。約束の時間にはまだ早く、私は近くの「キッド・ブルー」をのぞいてみることにした。

「キッド・ブルー」は長年にわたって私のお気に入りであったのだが、原宿店が閉じられてから買い物をしたことがない。が、久しぶりに店へ行き、お寝巻を買おうと思った。

「キッド・ブルー」はご存知のとおり、下着とナイティの店である。ここのイメージは健康的な女のコ。木綿のものが中心になっていて、とてもかわゆい。中でも青のギンガムチェックの商品は、私が大好きなものである。

素敵なお寝巻を着れば、不眠症も治るのではないかと私は思ったのである。

そもそも私は、Tシャツを着て眠る人が信じられない。そりゃ、モデルみたいにカッコいい女のコが、Tシャツとスキャンティだけで眠ったら、たいてい動機が不純であろう。が、私のまわりでTシャツを着る女ときたら、大層さまになることである。私の友人は捨てようと思っているTシャツを寝巻として使い、くたくたになったら捨てるそうだ。冬は、スーパーで買ったネルのパジャマといいうていたらくである。

「だって、しょっちゅう洗濯するから、すぐにくたくたになっちゃうのよ。それにさ、誰が見てるわけでもないじゃん」

私はそういう心がけだと、いざという時に困るわよと説教してやった。「ひとりの時も、美しく愛らしく眠る。たとえギャラリーがいなくてもね。そういう心が、彼といる時に役立つのよ」

私は思うのだけれど、どういうものを着て眠るかということは、女の人の別の個性が現れて面白《おもしろ》い。たとえば、キャリアウーマン風のスーツに身をつつみ、髪もきりっとしたショートカットの女性が、お寝巻は意外にもロマンティックでラブリーなものが好きだったりする（「キッド・ブルー」ファンの私も、このタイプかもしれない）。

ボーイッシュでさっぱりしたタイプの女性が、ものすごくセクシーな寝巻を着て寝るという事実もある。ブランド好きのものすごくおしゃれな人が、そこいらで買った九百八十円のパジャマを、くたくたになるまで着ている、ということもある。

寝巻というのは、どういう人生をおくりたいか、どういう恋人が欲しいか、という隠された願望を表現しているのではあるまいか。

実はこの私、アメリカ映画に出てくるネグリジェに憧《あこが》れたことがある。夫婦のプライベートをうんと大切にするかの国では、奥さんも寝室でうんとおしゃれをする。くたびれたパジャマを着て、髪にカーラーを巻くなんてことは中流だとまずない。その代わりアメリカ女性というのは、昼間カーラーを巻く。帰ってきた夫に、綺麗な髪を見せたいからだ。このあたり、アメリカと日本は正反対といっていい。

眠る時はシルクのスリップドレス。もちろん裾《すそ》まであるやつ。それにお揃いのガウンをぶわっと羽織る。私はあれに憧れ、ニューヨークで何枚か買ったことがあった。が、いいことなんか何もなかった。シルクだから家で洗濯出来ず、クリーニング代がバカにならない。ロングのお寝巻は、寝ているうちにまくれあがって、ウエストのあたりがごろごろしてしまう。

アメリカの女の人は、あんなものを毎晩着て疲れないんだろうか。

私はやっぱり、木綿のかわゆいお寝巻が好き。代官山で買ったものは、白いレースのネグリジェである。私はこれを持ってバスルームに入り、浴槽の中にアロマテラピーのエッセンシャルオイルをたっぷり入れた。頭をぐったり縁にあずけて、深呼吸をする。

お風呂《ふろ》上がりは、新製品の脂肪をとるというローションをたっぷりと塗る。

そして最近よく読んでいるワインの本を持ってベッドに。私のベッドは、枕元と足元に猫の場所がある。それを避けて斜めに横たわる。ベッドサイドにも、花の香りのアロマを置いているんだ。動物と花に囲まれ、まるで白雪姫みたいな私よね……。

眠る前が幸せな人は、やっぱりとても幸せなんだ。だから私はダサい寝巻なんか絶対着たくないの。でも今夜もあんまり眠れない。いったいどうしたんだ！

I Love スポーツマン

この号が出る頃には、もう古い話題になっているはずだけれども、ワールドカップ、残念だったけど、まあ、よかったですねぇ。
口惜しいこともあったけど、サッカーがこんなに面白いものだったかって、しみじみと思った。それにしても選手たちのカッコよかったこと。
グッチのスーツに身をつつむ中田も素敵《すてき》だけれども、彼はサッカー場で見るのがやっぱりいちばんだ。そして川口のあの笑顔、名波のクールな表情……と日本選手に見惚《みと》れる私である。
さて私は、長いことスポーツ選手に興味を持たなかった。というよりも、私と縁のない人たちだと思っていた。なぜならスポーツ選手っていうのは、女性の好みが単純なんだもん。モデルさんとかタレント、スチュワーデスとかいうのが好きなんだもん。

たまには野村監督とか、落合といった変わった好みを持つ人もいるけれど、それでもみんな、キレイ、女らしい、といったわかりやすい、万人好みなのを選ぶ。

学生時代からそうだった。私の通っていた高校は、旧制中学の流れを汲《く》む、男がやたら多い学校であった。女のコはクラスに十人もいない。美人のコは近くの女子校へ行き、ガリ勉タイプのブスばっか来ると、えらい不評であった。

が、ごくたまには美少女が入学する。するとマネージャーにしようと争奪戦がすごいのだ。可愛いコから、ラグビー部、サッカー部、野球部と強いクラブの順に決まっていく。

もちろん私には、お声がかかるはずもない。私は純粋な友人として、ラグビー部の男のコたちと仲良くなり、よく一緒に遊んでいた。煙草をおぼえたのも、彼らの部室だったと記憶している。ラグビー部の男の子の家に毎日のように遊びに行き、夕ごはんまで食べたりした。

ところがその男のコったら、私の親友にラブレターを出していたのだ。彼女はピアノがうまい、髪の長い女のコであった。

あの時は悲しくって泣いたっけ。大人になってから同じような事件はいくらでも起こったが、やっぱりあれが始まりであった。いくら友だちの関係といっても、あんなに仲良くしていたのに……。裏切られたような淋《さび》しい気分になった私。

今、つくづく残念に思うことがある。スポーツマンと一度でも恋愛しとけばよかったなあ。彼らはいい意味で、オスのシンプルさを持っている。いい女が好きで、惚《ほ》れたとなると強引で直進してくる。私の知っている有名なスポーツ選手は、婚約者のいる女性を無理矢理奪い取ったという過去をよく自慢していたものだ。

その代わり、嫉妬《しっと》深く、女性に対して非常に保守的である。一流のスポーツ選手なら、なおさらだ。奥さんがたとえばアナウンサーとか教師といったキャリアウーマンをしていても、それを辞めさせて専業主婦にする。いい妻や母として、いつでも家にいておいしい料理を作ってもらいたい。

彼らの女性に対する願望はちょっと古くさいけれども、その分、女も、シンプルなメスになれるのだ。

仕事と家庭との両立、などと悩まなくてもいい。男と女の駆け引きも無用だ。

「とにかくオレのものになれ。オレが食べさせてやるから、ガタガタ言うな」

と言う男は、今の時代にあって新鮮である。女は、男の愛情の中にどっぷりつかっていればいい。

まあ、スポーツ選手は多情な人も多く、浮気性のところもあるみたいだが、少なくとも何年かは幸福のままでいられる。やっぱりそういうのっていいよなあ……。

それにスポーツ選手というのは、背が高くカッコいいから、一緒に歩いていてもかなり得意な気分。

私が通っているスポーツクラブには、かつて名選手としてならした野球の某評論家がいる。この方がどういうわけか私のことを気に入ってくれて、たまに会うと、

「マリちゃん、元気ィー」

とぎゅっと抱きしめてくれる。その体のたくましさと気持ちよさ。ふざけて抱かれただけで、こんなにいい気分なんだから、もしベッドの上で本格的にナンカされたら、すっごくいいに違いない……。

私は雑誌やテレビで野球やサッカー選手の奥さんを見るたびに、思わずにいられない。この人たちって、すごい勝利者なんだわ。何人っていう女の中から勝ち抜いて、こうして妻の座を手に入れたんだわ。その誇らしさが、彼女たちをますます美しくしている。

中田の恋人って、どんな人だろう。大金持ちやエライ人の奥さんや恋人は、全然羨《うらや》ましくない。けれどもスポーツ選手の愛する人っていうと、私はそれだけでおそれいっちゃうのだ。恋愛と青春をめいっぱい楽しんでいる、っていう感じがする。

夏だ！　足だ！

プラダのハイヒールを
履いた日は
決死の覚悟だ

私は階段が、この世で六番目ぐらいに苦手だ。

階段を見ると私の体は緊張し、こわばってくるのがわかる。今まで何度、私は階段でずり落ちたことであろうか。だから必ず、手すりに沿って降りていく。すると地下鉄の駅などで、ルールを無視して向こう側から上がってくる人がいる。道を譲るために、私が命の綱とも思う手すりから手を離さなくてはならない。

そういう時、私は決して誇張ではなく、恐怖のあまり心臓が波打っているのがわかるのである。

そして腹立たしいことに、これほど気をつけていながら、私はしょっちゅう階段を滑っている。ついおとといのこと、友人二人で六本木のパブへ行った。先に何人か待たせてい

たので、かなり急いでいた。階段を大股《おおまた》で降りていく彼の後を私は追った。その時、

「ギャーッ」

と起こる絶叫。つい十段ぐらいの階段と甘く見たのが悪かった。私のパンツの裾がからまって、階段を踏み外したのである。たいしたことがなくてよかったが、これからは一瞬たりとも、油断をしてはならないと思った。

さて、こんな私であるが、ヒールの高いサンダルには目がない。よせばいいのに、グッチやプラダのものをよく買う。私は大足なので、いつもサイズは苦労していたのであるが、昨年香港で信じられないような光景を目にした。プラダの最新の靴が、ものすごいサイズで揃っていたのだ。

香港に詳しい人に聞いたところ、白人の大きい人が買いに来るので、こういう大きいものを置いてあるのだということであった。さすがに私の足にもゆるめであったが、それはタテのサイズのこと。横幅はぴったりで、喜んだ私は何足もまとめ買いをしたものである。

今年また履こうと、箱から出してしみじみと見た。全く何て高いヒールなんだ。

今年は便所サンダルとしか思えないような、シンプルで素朴なものがいっぱい出てきているが、やはり主流は高いヒールのものであろう。

最近の女の子は歩き方が上手くなったというものの、中には目もあてられないコがかなり多く見うけられる。腰がすっかり下がり、曲がった腰でひょこひょこ歩いているわけだ。

私も経験があるのであるが、八センチのヒールで一日中カッコよく歩こうなどというのは絶対に無理だ。素敵なサンダルを履いた日というのは、一日、車と男を確保しなくてはならない。車でサッと行き、サッと帰る、という場面こそ、高い靴がふさわしい。

たまに街で見かけて、目のやり場に困るというのが、むっちりした足でマイクロミニというやつだ。ちょっとでも前にかがむと下着が見えそうな短さで、やけに太い足というのは、見ていて本当に困る。別に太い足がいけない、と言っているのではないが、ものすごくナマナマしくてエッチっぽいのである。

マイクロミニが似合うのは、贅肉《ぜいにく》のついていない、きりっとした中性的な足である。女であるセクシャリティを捨て去って、ファッションのために着る、という姿勢こそがふさわしいのだ。はっきり言って、モデルクラスのプロポーションを持っていないと似合わない。

普通の女のコは、もっと愛らしさや素敵さを演出出来るものがいくらでもあろう。適度なミニはいいけれど、あのマイクロミニだけは本当にやめてね。

さて、これまた話が変わるようであるが、外国事情に詳しい友人からこんな話を聞いたことがある。

「欧米の男って、女の足を重視すること、日本の男の比じゃないわよね。白人と結婚する日本の女、見てごらん、顔はブスな人でも、みーんな足はすらっとして綺麗《きれい》だから」

なるほど、まわりの女の人を観察すると、外国人と結婚している女性、あるいは外国人を恋人に持っている女性というのは、みんな美しい足を持っている。エリートの男性と結婚している彼女たちは、服装もコンサバであるが、ほとんどが足を黒ストッキングで引き締め、なおいっそう細く見せているようだ。私の友人の一人に、お祖父《じい》ちゃんだかお祖母《ばあ》ちゃんが中国人という人がいるが、あちらの人はほっそりしているから、彼女の足の細さが普通ではない。すうっとまっすぐに伸びているのだ。

全く夏になると、あちこちの足が目に入って仕方ない。階段恐怖症でよたよた歩く私にとって、羨《うらや》ましくて仕方ない足が街を闊歩《かっぽ》している。

そして夏になると悩みが生まれる。

冬のようなタイツは暑苦しい。年増にナマ足は冷える、ソックスは恥ずかしい。そうかといって、コンサバ女の証明のようなナチュラルストッキングを履くのは抵抗がある。という私は、夏にいったい何を履くべきなのだろうか。「アンアン」のスタイリストの人に聞いたら、

「白っぽく透けないストッキングでいいんじゃないの。それか薄手のタイツね」

という答えでした。

おこしやす、京都へ

遊びで京都へ行ってきた。

京都はご存知のとおり、〃女のプロ〃がごまんといるところである。若い舞妓《まいこ》さん、芸妓さんたちはいまひとつアマチュアっぽいところがあるが、名料亭やお茶屋さんの女将《おかみ》なんていうのは本当にすごい。美しくて上品で、しかも貫禄《かんろく》があるのだ。

こういう方々には、かなりの確率でお嬢さんがいて、彼女たちももちろん美人だ。同行の男性たちは、お嬢さんの方に憧《あこが》れの視線を注いでいた。

そのお嬢さんのひとりが、半日京都を案内してくれたのであるが、こういう人は歩き方まで美しい。お寺の廊下に座り、庭を見る姿勢もぴしっとさまになっている。私は、京女の底力をつくづくと感じたのだ。

京女というのは、日本全国どこへ行っても人気がある。大学の同級生にひとりいたが、顔がわりと可愛いのと、京都弁を喋《しゃべ》るというので、男のコたちはへなへなになってしまった。

「うち、こまるわー」

「いや、そんなことあかん」

などと、いざとなると甘い京都弁を発するのだ。

うちの弟は大学を出て就職した会社で大阪に配属された。休暇をとり京都へ遊びに行くようになった彼は、生まれて初めて京女に接触したらしい。

「京都の女の人はキレイだ、しとやかだ」

とえらく興奮し始めた。女といえばがさつな姉を見てきた彼にとって、相当なカルチャーショックだったらしい。後に京女と結婚することになる。

私も何人かの京女を知っているが、彼女たちに共通するのは、ものごとをやんわりとうまく言うコツを知っていることであろうか。ものごとをバシッと言うのは、どうやら彼女たちの美意識に反するらしい。

「ハヤシさんって、ものを本当にはっきり言やはるわー」

と驚かれることが何度かある。

ところで、全国の男の人はみんな京女が好き、と書いたが、女も京男が好きだ。京男というのはこの場合、京大を出た男のことを言う。

東京にいて、京大卒の男と知り合うチャンスは案外少ないものだ。それだけ珍しい存在である。

東大の男はいくらでもいるが、

「ダサイ」「権力的」「エラぶっている」

と私のまわりの評判はよくない。友人の中に、東大出の男というとそれだけで目の色を変えるのがいるが、そういうのは仲間うちでも凄《すご》く軽蔑《けいべつ》されることになる。

私は大昔、京都生まれで京大卒の男性とつき合っていたことがあるが、あの頃はしょっちゅう京都でデイトをして楽しかったなあ。そのせいか今でも、京大卒と聞くと、

「アカデミック」「頭がいい」「外見も素敵」

といいイメージばっかりである。

おまけに京男も京女と同じようにあたりがやわらかく口がうまい。こちらが喜ぶようなことをいっぱい言ってくれる。優柔不断なのがナンであるが、それを我慢すればボーイフレンドとしては最高ではないだろうか。

さて京都の二日目、私は京男二人と食事をした。そのうちのひとりが、終った後、

「よかったら、僕の下宿に遊びに来ない」

と誘ってくださったのだ。

この方とは初対面であるが、京大の哲学科を出て、今、著作活動のためにひとり暮らしをしている。タクシーでさっそく東寺近くの下宿へお邪魔した。それは昔懐かしい光景であった。

小さな一軒家を借りているのだが、中は本当に下宿である。学生が住むように質素で、本が山のようにある。許しを得てもうひとりの男性と書庫へ入った。哲学はもちろん、都市学、人類学の本が、ちょっとした本屋さんぐらいある。むずかしいのばっかり。

「これを全部読んだんですか」

「ああ、僕は読むの速いから」

もうひとりの京男が、懐かし気に背表紙を読んでいく。

「あ、これ、僕が学生時代、夢中になった本だ」

などと手に取るのもいい感じ。こんなインテリっぽい雰囲気に酔うのは何年ぶりだろうか。私たち三人は扇風機と蚊取り線香の下、遅くまで話をした。といっても、私が二人の話を聞くというのが正しい言い方であろうが。

その下宿の主に別れを告げた後は当然、二人で夜道を歩く。ずっと前からちょっといいナ、と思っている人と京都の街を歩くというのは、最高にロマンティック。

「このへん、僕が学生時代、よく飲みに来たところなんだよ」

立ち止まって、彼が言う。

「あのアパートの二階に同級生が住んでいたけど、あいついったいどうしたんだろう」

まるで学生時代に戻ったみたいな感じになるのも、京都ならではである。なぜなら、この街は街並みがそのまま、と言わないまでも、しっかり残っている。思い出がちゃんと閉じ込められるようになっている。私も大昔の恋を思い出し、せつない気分になるのであった。

夏の夜のミステリー

毎日、本当に暑いですねぇ……。

毎年夏が来ると、頭がおかしくなりそう。わが家は、狭いうえに散らかっている、モノが多い。おまけに飼っている二匹の猫は、スコティッシュ・フォールドといって毛がうんと濃い種類である。

仕事をしていると、この毛がどっさりしたデブ猫が膝《ひざ》にのってくる。昼寝をしていると、枕元でごろごろすり寄ってくる。その暑苦しさといったらない。

こういうことを言うと惚気《のろけ》ているようであるが、うちの夫がスリムで、まあまあの姿カタチで本当によかった。よそのうちのダンナを見ていると、まだ若いくせにハゲでデブというのがかなりいる。かなり薄くなった頭の地に汗をだらだら流している太った男の人を

見ていると、よくあんなのと夏を過ごせるなァと思う私。

私の友人で、ハゲでデブのうえにすっごく毛深い男がいる。手の甲はもちろん、指のつけ根までびっしり毛が生えている。夏になると汗でこの体毛がくろぐろと濡《ぬ》れ、蒸気を発しているかのよう。キャ〜ッ。

彼はエリートなので、若く美人の奥さんがいるけど、夏は別居したくならないんだろうか。

夏は髭《ひげ》の男も苦手だ。テッオは長年、ファッションのために不精髭をずっと生やしている。冬見ればセクシーといえないこともないが、夏見ると本当にむさい。よってこの原稿は最近ファクシミリで送ることが多い。前は必ず週に一回会って、ご飯食べてたのにね。

さて、夏を涼しく過ごすために、こうして男まで選んでいる私である。その他にもいろいろ工夫していることがあるが、そのひとつが怖〜い話を聞くことであろう。

たとえば六本木のロアビルの裏に古い洋館がある。そこの下に立って見ていると、真夜中に女の人が窓に立つのが見える。

青山墓地の近くにあるイタリアンレストランの地下は、お墓に接している。夜地下のトイレへ行き、ふと鏡を見ると白い着物の女が映っているそうだ……。

などという話を、私は聞くのが大好きである。私と仲のいい女性編集者は、霊感少女として有名でいろんなものが見えてしまう。ある真夜中、残業中の彼女がひとり壁に向かってぺこぺこ頭を下げていたそうだ。また始まったと思ったものの、同僚のひとりが彼女に尋ねた。

「いったい何してるんだよ」

「今そこにお爺《じい》さんが来たんで、どうしたんですかって尋ねたら、○○の父親だけど息子を連れに来たって。○○さんはもうお帰りですよ、って言ったらそのお爺さんも帰られました」
○○さんというのは彼女の上司で、私もよく知っていた副編集長である。そして次の日、ゴルフ場でクラブを握ったまま○○さんは心臓マヒで亡くなった。これは実話である……。
こういう話はもちろん怖ろしいが、別の意味でおっかない話もある。それはやはり男と女に関することである。思いがけない二人が、

「実はつき合ってるんだよ」

と聞かされた時のぞーっとするような驚きは、誰でも経験することではなかろうか。私は仲のいい某男性に、ある女性の悪口をさんざん吹き込んだ。悪気がない分、いちばんタチの悪いやつだ。

「もうデリカシーも色気もない女でさあー、一緒にいると呆《あき》れて笑っちゃうのよねー」

ところがその女友だちから、その男性とつき合っていると聞かされた。しかも男の方が熱心だというのだから、全く困ったもんだ。私の立場はどうなるんだ！

つい最近のこと、前から心ひかれている男性とデイトした。前にも話したと思うけど、彼は何から何まで好みなのであるが、ただひとつの欠点は、私の友人とつき合っていたということだ。その年下の女友だちは、私のことをわりと慕ってくれ、前はよく遊んだもんである。その彼女の前恋人と私との間に何かあったりしたら（何も起こるはずないけど）、やっぱり女の仁義に反することになるであろう。

お酒がすすむにつれ、彼はこんなことを言ったのでした。

「僕が彼女と別れた原因は、やっぱり彼女のことが怖くなったからだなぁ……」

「ふん、ふん」

「彼女のことをいちばん怖いと思ったのは、僕がハヤシさんのことを誉めたら、次の日、彼女はあなたの本を全部捨てたんだよ。本棚にいっぱいあった本をだよ」

その時、背筋をすうーっと通る恐怖と共に、私は喜びも感じたのでありました。友人に自慢したら、

「そんなミエミエの手口に喜んで、あんたってなんて単純なの」

「そういうこと言う男なんて、サイテー」

と冷たいものであった。

後に聞いたところによると、その男性と私の本をすべて捨てた女友だちとは、またヨリが戻って、とてもうまくいっているそうである。

じゃ、あの話は何なんだ！　一瞬でも胸をときめかし、彼女に恐怖を感じたアレは、つくり話だったんかい。

夏の夜のミステリーである。

セパレーツ女の顰蹙《ひんしゅく》

ここのところ忙しくてご無沙汰《ぶさた》していたネイルサロンへ行ってきた。やっぱり女は、先っぽほどピカピカにしなくちゃいけないものね。

ペディキュアとマニキュアに二時間ばかりかかり、最後は気持ちよくうとうととしてしまった。ところで、

「エステは女のソープランド」

という名言を残したのは、かの柴門ふみさんである。つまり、お金をかけ他人によって快楽を得るところが、男の人が行くソープと全く同じということらしい。しかし私はネイルサロンはともかく、その他のもの、脱毛とかエステというのは拷問に近いと思っている。私の通っているエステは、電気が通っている手袋で顔を上げ、さらにイオン棒をきりきり

私の夏の誓い
人にめいわくをかける
格好はやめる.

刺しながら、フェイスラインを整えていく。この痛いことといったらない。涙さえ出てくる。しかし、エステの先生に言わせると、

「パックしたりマッサージだけの、気持ちよくてうとうとしちゃうエステなんて、リラックス以外の何も役立っていないのよ」

ということである。おかげで、この何年来、私のフェイスラインはかなり変わってきた。昔と比べれば、という話であるが、歯を治したということもあり、ずっとシャープになってきたのである。ここにくるまで、どれほど努力し、どれほどつらい思いをしたであろうか。

私ごときが言うのもナンであるが、女がキレイになりたい、少しでも向上したいと思ったら、それこそ血が滲《にじ》むような努力が必要なのである。

つい最近、ファッションリーダーとして有名なタレントさんにお会いしたところ、信じられないような細い高いヒールの、グッチのサンダルを履いていた。

「ねぇ、いったいこんなサンダルでどうやって歩くの」

驚いて尋ねたところ、

「おしゃれは、努力ですよ」

という返事が即座に返ってきた。どんなにつらくとも、このサンダルで胸を張ってカッコよく歩くのだそうだ。

さて話は突然変わるようであるが、夏になった途端《とたん》、街を行く女のコのレベルが突然落ちてきた。春のシーズンには可愛らしい個性的なおしゃれを競っていた女のコたちが、突然ワンパターン、キャミソールドレスになってしまったのである。素足にサンダルという格好もみんなおんなじ。暑さのためか、ひと工夫見られないのである。

あのキャミソールドレスは、戸外の太陽さんさんと降り注ぐ下で見るならまだよい。オープンテラスとかにも似合う。ところが電車の中に突然現れると、それこそギョッとしてしまうのである。上にシャツやカーディガンを羽織るのは、ビンボーOLルックみたいで好きではないが、そうかといってむき出しの肩や胸を地下鉄の蛍光灯の下で見るのは、あまりにも寒々とした光景だ。

おとといはもっとすごいもんを見たぞい。下はパンツ、上はセパレートの上だけという女のコが地下鉄に乗っていたのだ。胸の下からおへそのあたりまでのウエストのくびれが、それこそ丸見えであった。いろんなことに慣れている東京の乗客たちも、思わず口をあんぐりとして見ていたっけ。

そのサングラスをかけた女のコは、年寄りをかき分けるようにしてどんどん進み、空いている席にどかっと座った。スタイルのいいコであったが、その途端、お腹の肉がぶるると震え、折重なっていくのを私は見た。

こういうカッコするんだったら、やっぱりそれなりの努力は必要である、と私はつくづく思った。ダイエットの努力は認めよう。お肌の手入れもよし。さぞかしいろんなものを塗り込んでいるであろう。

が、ここまでやるなら、やっぱり男と車は確保しなきゃ。どこへ行くのか知らないけれど、オープンカーか何かで乗りつけるぐらいの準備をしてから、こういうセパレーツのブラジャーを着ようね。人を押しのけて、電車で座っちゃダメ。

もし彼女が車で表参道か青山へ行き、この格好で車から降りてきたらそれこそカッコよかったであろう。

「大胆だけど素敵《すてき》」

と多くの女のコも思ったであろう。しかし、昼下がりの地下鉄の中は、おじさんおばさんでいっぱいだ。先鋭的なファッションを着る楽しみのひとつに、

「人々の眉《まゆ》をひそめさせる」

というのがあるだろう。が、けれどもいかにも眉をひそめそうなおじさんたちが、いっぱいいるところに行っても仕方ないじゃないか。

こういう勝負に出る服を着る時は、やっぱり勝負の場所へ行く。そしてその交通手段も考えるというのは、おしゃれな女の人にとってとても必要な知恵である。

全然話が変わるのであるが、昨年私は香港で、それはそれは素敵なイブニングドレスを買った。生成りの麻にとても細かい刺繍《ししゅう》がほどこされているのだ。上はビスチエになって

いて、その上に同色のオーガンジーショールを羽織るのだ。私はこのドレスを買った時、同行する男性、パーティーの内容までぱっと頭に浮かべた。が、まだ一度も着ていない。このドレスを着るための努力を怠ったため、私の二の腕はまだたっぷんたっぷんしている。こんな服を私はいっぱい持っている。情けない……。

ボディは語る

トウが立った女優さんの着こなし
露出が少ない分カサ高い

暑い日はだらだら横になり、冷たーいペリエを片手に雑誌を読むのがいちばんだ。私はこういう時は、本を読まない。本を読むのは夜にする。なぜなら本は面白《おもしろ》いとあっという間に二、三時間たってしまうからだ。

そこへいくと雑誌は、どんなに長くても一時間あると読めるから、時間の切り替えも出来る。私がベッドに横になると必ず寄ってくる猫たちを片足で追っぱらい、時にはナデナデしながら雑誌をめくっていく。

某女性誌（注・「アンアン」ではない）を読んでいたら、

「タレントの私服拝見」

というのがあった。お買い物姿でも盗写したのかと思ったら、新番組の製作発表であった。ふんと私は思う。製作発表の時のものが、どうして私服なんだろう。スタイリストがついてるなんて常識じゃん。人気のあるタレントさんが出る新番組となると、それこそ二、三十社マスコミが来て、頭のてっぺんから爪先《つまさき》までパシャパシャ撮る。今の季節だったら、どういうサンダルを履いて、どういうペディキュアをしてるかまでちゃんとアップで撮っていく。だからタレントさんもスタイリストも張り切って、最新のおしゃれをするわけだ。

誰が買っていくんだろうと思っていたプラダやドルガバの三、四十万するドレスを見るのも、この時である。すごく楽しみ。そして私はあることに気づいた。

旬の女優さんとかタレントさんというのは、何を着ていても似合うしサマになっている。雛形あきこちゃんがロングワンピースを着ていればそれはそれでカッコいいし、高島礼子さんがオーソドックスなパンツスーツでもそれはそれできまっているのである。観月ありさちゃんにいたっては、カジュアルなパンツルックであったが、あの脚の長さが強調されていかにも〝いま〟といった感じ。

そこへいくと少々トウがたったといおうか、盛りを過ぎた女優さんというのは、ちょっとズレているぞ。扱いもぐっと小さくなって女性週刊誌のグラビアに出てたりするのだが、精彩にぐっと欠ける。

女らしさを強調しようとロングドレスを着ても、バランスに欠ける。二の腕を隠そうとしてかストールを羽織ったりするのも、ちょっとオバさんくさい。

そうかと思うと最新のファッションに身を固めている人もいるのであるが、そういうものを着こなすオーラが、もはや薄くなっているのだ。

私はつくづくある編集者の言葉を思い出す。おしゃれなタレントさんランキングで、いつも上位にいるコに私がケチをつけたことがある。

「このコ、いつのまにかおしゃれのリーダーになっちゃったけど、私に言わせればただ借りてきた服を着てるだけじゃん」

「そう言うけど、パワーと才能がなければ、お洋服は着こなせないのよ」

とその編集者は言った。

「彼女はプロポーションがとにかくいいけど、服を着こなすことにかけては天才よ。どんな過激なものも、ブランドものも、すぐに自分のものにする。それでモデルっぽくならない」

当時はそういうもんかと思ったもんであるが、この頃、素直にそういう天才に敬意を表することが出来るようになった。

さて十年ぐらい前、一世を風靡《ふうび》した女優さんがいた。若い女のコは、みんな彼女のファッションを真似したものである。ところがある日、表参道で彼女を見かけた私は、本当に驚いたものだ。

「○○××子がいる」

と何人かが騒いでいるので、私もそれとなく近寄ってみたところ、なんかすごくビンボーったらしい格好をしてるじゃないか。ぺったんこ靴にでれっとしたスカート、Tシャツ。どうひいき目に見ても、その頃流行《はや》り始めた「自然体」とか「ナチュラル」という感じでもなかった。

この後、彼女のインタビュー記事を読んでいたら、こんな発言があった。

「私は三千円以上のものは買わない。衣服にお金を使うのは、私のポリシーに反するから」

ひぇー、稼いでいる女優のくせにと私はのけぞったが、当時彼女は人気絶頂であったため、こういう発言もとても好意的に見られたようだ。

あれから歳月が流れ、彼女は昔ほどじゃないけれども、それなりの立場を保っている。そして久しぶりに主演のドラマ製作発表のグラビアで彼女を見た。かなり大胆なドレスに、髪も凝っていた。けれども服がカッコよくない。着ている彼女もカッコよくない。

「ずうっとケチをしていた報いが、体に出ちゃったんだ」

と私は思った。貧しいOLならともかく、高額なギャラ貰《もら》ってて、三千円以上のものは買わないという奇矯さが、全身からにじみ出ていた。

女のボディは歴史である。最初からおしゃれな人なんていない。失敗しながら気を使い、頭も使い、お金だってもちろん使って、服を自分のものにしていく気概がなけりゃ。私たちに夢を与えてくれる芸能人ならば、年がら年中借り物ばっかりじゃなく、本当の私服でも素敵なとこ見せてほしい。お願いしますよ。グラビア見るの好きなミーハー女より。

Let's略奪愛

若い友人のマミコちゃんと一緒に歌舞伎を見に行った。

歌舞伎座に行くのは、久しぶりである。ちなみにテツオの勤めているマガジンハウスは、歌舞伎座の裏にある。もし上京の折にはどうぞ編集部を訪ねてください、というのはもちろんウソであるが、この会社の一階には誰でも行ける。オープンスペースになっていて、世界の雑誌が手にとって見られるのだ。

もしインテリアの雑誌なんかめくっていて、やたら濃い顔の、イタリアン風の男がエレベーターから降りてきたらそれがテツオです。

ところで歌舞伎座の前は、なぜかテレビのクルーが来ていてあたりを撮っていた。なんかワイドショーに使うみたい。

「そうか、八十助さんを見に来た近藤サトさんを撮ってんだ！」

と大きな声で言ったら、本当にきょろきょろするオバさんがいて面白かった。

いよいよ八十助さんと近藤サトさんが結婚するらしい。私はちょっとがっかりしている。私は八十助さんのファンだったし、実は梨園の妻というのにも憧《あこが》れていた。

梨園の妻というのは、とても楽しそう。もちろんいろんな苦労があるだろうけれども、こうして夫が舞台に立っている時は、着物を着てお客様をお迎えする。

ちょうど私がいる時も、ピンクの着物姿の三田寛子さんがお子さんを抱いて劇場を出てくるところであった。いいな、いいな、あんなこと一度してみたいな。私は着物をいっぱい持っているし、人に気を使ったりするのも大好き。

人間、というより女というのは、今までとまるで違った生活を結婚によって得たいという願望を持っている。結婚がきっかけとなり、百八十度変わってしまうような生活。夫が海外勤務なんていうのは、もう珍しくもないけれど、やっぱり梨園というのは心ひかれる。

近藤サトさんが羨《うらや》ましい。略奪愛とかいって週刊誌が騒いでいるが、そんなものは負けいくさしかしてこなかった男女が言うものだ。

略奪愛、すごいではないか。私のまわりでも不倫している女がいっぱいいるが、彼が奥さんと別れてくれないとみんなピイピイ文句を言っている。男性を奥さんと別れさせることは簡単だけれども、子どもと別れさせようとするのは至難の業だ。

「女房とは別れられるが、子どもとは別れられない」

よく男の人はこう言うらしいが、あたり前じゃないか。女房は他人であるが、子どもは自分の分身だもの。それを乗り越えて男に決心させるというのが、どんなに凄《すご》いことか。略奪愛こそ究極の勝利である。略奪愛に成功した女性というのは、勲章をもらってキラキラ輝いている。

近藤サトさんのカッコよさに比べ、畑恵さんはちょっとみっともない。マスコミからもさんざん叩《たた》かれるし、なんか顔つきまで嫌な感じになってきた。

私は断言していいのであるが、畑さんの失敗は勝利宣言をあまりにも早くしたことではないだろうか。略奪愛は深く静かに潜行し、ちゃんと籍を入れるまでは極秘を守るのが鉄則である。そこが若い単純な恋愛と違うところだ。なにしろ奥さんという、非常にデリケートな存在が控えているのである。ところが畑さんの場合、

「もうじき入籍いたします」

などという手紙を関係者に送りつけたのだ。あれはかなりまずい作戦であった。もっとうまくやらなきゃね。

さてこれも二回めの断言であるが、皆さんも、もうちょっと年をとるとある大きな事実に気がつくことであろう。それは世の中にそんなにたくさんいい男はいない、そしていい男はほとんど他人《ひと》さまのものになっているという現実である。

十年前、二十年前ぐらいまで、まだ男女の市場は需要と供給のバランスをうまく保っていたのであるが、ここんとこ急に崩れてしまった。今、いい男はたいてい既婚者である。それで不倫という恋愛のシステムがはびこってくるわけであるが、そうなると後から出てきた若い女のコは損するばかりである。

君のことを愛しているとか言っても、結局は奥さんのところへ帰っていくというパターンが続くわけだ。が、中には雄々しく立ち上がり、勝利をつかむ女がいる。が、これはめったに出来ることではない。女性の方がものすごい魅力とエネルギーを持っていなくてはならないし、男性の方もそれに呼応出来るぐらいの情熱がなくては困る。だから略奪愛というのは、もっと讃《たた》えられてもいいのである。

ところでこの世には、こうした勝者を上まわるもっと驚くべき女性がいる。それはいわゆる〝魔性の女〟っていうやつですね。彼女たちはわりとエネルギーが持続しない。辛抱が足りない。離婚のごたつきが始まると、途中ですっかり飽きてしまうのだ（〇月△△菜ちゃんを見よ）。そしてすべてが終ると、崩壊した家庭と、別の恋に走る彼女だけがいることになる。恋の勝者は実はつまらぬ。勝者になったとたんさまざまな義務が生まれ、自由が失くなることを彼女は知っているに違いない。

カントリー・ホルモンの脅威

田舎を持つ女のコが帰省すると、あきらかにブスになる。
都会の最新ファッションで、同級生や近所の人たちを驚かせたりする行為は、うんと若いから出来ることであり、ちょっと年をくってくるとそんなことはどうだってよくなってくる。化粧もせず、うちでごろごろする日が続く。母親がつくってくれるおいしいものを朝昼晩食べ続けるから、太るというよりも顔がむくんでくる。緊張がとれていくと顔はだんだん昔に戻っていくから困る。このあいだまで私なんか故郷に帰ると、二重瞼《まぶた》が一重瞼になってしまい、なかなか直らなかったものだ。今日東京へ帰るという日、必死で濃いメイクをしマスカラをつけたら、あら不思議、やっと二重になったではないか。
女の顔は一種のセンサーになっているから、半径三キロ以内にいい男がいないとわかると、ただちに役割を放棄する。夏の田舎に、いい男はなかなかいない。ホント。みんな東京へ行っているし、レベルの高いのに限って忙しくてなかなか帰省しないという事実。私の友人の何人かは、高校時代の同級生と同窓会がきっかけで結婚という古典的な道を辿《たど》っているが、よく聞くとそれは都会での集まりである。

そりゃあそうだ。東京の同窓会はまだよそゆきの顔でいられる。方言だってそんなに出てこない。女も男も、自分の変化を効果的に見せられる場所でもある。

が、田舎における同窓会というのは、なんといおうか気取りを捨てる分、楽しいことは楽しいが何にも起こらない。中心となるのは地元に残ったコたちだから、アカぬけたわくわくするイベントを期待するのは無理というものだろう。昔から行っているスナックにカラオケというコースでは、まず恋愛感情は芽ばえない。

そんなわけで、私にとって故郷というのは美しさが激減してしまう場所という認識があった（減るモンがあるのかという意見は、この際無視して）。

二年前のこと、うちからわずか車で四十分ほどのリゾート地にある、友人の別荘に招待されたことがある。夜はホテルで食事をすることもあるというので、それなりの洋服も用意した。

昼間はドライブに牧場遊び、夜は近くの別荘に来ている人との社交という生活をおくったところ、肌はいつもより調子いいし、顔も引き締まったままだった。

そして私はつくづくわかったのである。カントリーライフには二種類ある。それは自分とかかわりのある地に帰ること、もう一つは全く関係ない地を訪れることである。女が綺《き》麗《れい》になるのは、もちろん後者の方だ。

高校時代の参考書がまだ並んでいる実家の自分の部屋でごろごろする分には、他者の視線というのは全くない。けれどもリゾートホテルへ到着すれば、サングラスとドレスのコーディネイトを考えるはずだ。プールサイドに寛《くつろ》いでいるようでいても、ちゃんと意識して足を組むに違いない。ゆっくり休養をとるから肌もピッカピッカ。リラックスしても弛《し》緩《かん》することはないというのが、他人の土地で過ごすメリットである。

だから私は、若い時は親を泣かせてもあまり故郷に帰るべきではないと思う。ちょっと顔を出して特別のお小遣いを貰《もら》うのはいいが、あくまでもショートステイにすべきである。そして別のところで、素敵なリゾートライフをおくるというのが、賢いやり方だ。

今まで私はいろんなところで休暇を送ってきた。国内以外では、バリ島のコテージ、ケニアの草原ホテル、バンクーバーの私の別荘とかなり幅広い。最近は行く先々でスパやエステを必ずくっつける。

空気や土の力というのは、諸刃の剣というべきものかもしれない。人間を活性化させ、お肌もぐんとよくする力を持つが、同時に女をカントリーガール風にすることもある。へたにつき合うと、日焼けはするし体全体がだらっと締まりがなくなる。よって田舎へ行く時は、細心の注意が必要だ。何ごともやり過ぎは厳禁である。

野菜をつくる趣味などは、持つべきではない。せいぜいハーブを摘んでパスタに入れるぐらいであろう。郷土料理は人がつくってくれたものだけを食べる。自分で挑戦しようなどと思わないこと。つくるとしたら、地元の食材を使ったしゃれたものをね。私は高原の友人のところへ泊まった時、ラタトゥイユをつくった。ズッキーニとナス、トマトなどをニンニクとオリーブオイルでぐつぐつと煮たものである。これとクスクスを合わせたところ大好評であった。おやつは近くのお店で買ったアップルパイにハーブティ。

そう、もともとカントリー出身の私は、このぐらいの努力をしなくてはたちまち土に染まってしまうのである。

昨年の夏、故郷に帰った私は、家族や親戚《しんせき》の皆とで焼き肉を食べに行った。もちろん私はノーメイクにTシャツ。お店の人は近づいてきてずっと私の噂をしていたが、母親の隣で黙々とカルビを食べている女が当の本人とは全く気づかなかったようだ。田舎にいると、本当に凄い顔になってくる。戻すまでに一週間かかっていたのが、最近二週間になった。

だから私はあんまり実家《うち》に帰らない。

ナオミ・ショック

さて故郷山梨での、長い夏休みの最中、昼寝からさめたら、テツオからのファクシミリが入っていた。

「そろそろカントリー・ホルモンにやられている頃じゃないですか。ジャージー着て、タオル首からかけて、桃にかぶりついている姿が目に見えるようです」

私は青ざめた。まさにこのとおりの日々をおくっていたからである。

これ以上いると、私はしんからカントリー・ホルモンに冒されてしまいそう。ちょうどテツオのファクシミリが届いた日は、東京へ帰る日であった。私は小さなボストンバッグを手に駅に向かう。ところが故障続きの中央線は、その日もアクシデントがあり大幅の遅れだというではないか。結局一時間近くもずれて、列車は新宿駅に到着した。これで私の

赤いプリーツのスカーフがアクセント
これがナオミ・フエロモニだ!

予定はすべて狂ってしまった。夕方から国立劇場で踊りの会があり、それに招待されている。いったん家に帰り、荷物を置いてから着替えるつもりだったのだが、直行せざるを得ない。おかげで私はカントリー・ホルモンにひどく汚染されたままの姿で、国立劇場の席に座ったのである。

あーあと、悲しくなってしまう。美容院にずっと行っていないので髪はボサボサ、ネイルはとっくの昔に全部剝《は》がれてしまっている。早く美容院とネイルサロンを予約して、何とか立ち直らないと……。

客席が暗くなってから、私の隣の席にすべり込んでくる女性がいた。香水のにおいがぷんとしたその横顔を見て、私は息が止まるほど驚いた。

「ナオミさまではないか」

シロウトさんではあり得ない美しい横顔は、まさしく女優の川島なお美さんではないか。私はさりげなく足元を見た。グレイと黒のワンピースに、アクセントとして赤い靴を履いていらっしゃる。時々それを脱がれるのであるが、素足にシルバーのペディキュアがまぶしい。間違いない、やっぱり、

「ナオミさまだ！」

私は初対面なのであるが、共通の知人が多く何だか親しいような気分。幕あいに思い切って挨拶《あいさつ》した。

「川島さん、こんにちは」

「あら、こんにちは。初めてって感じしませんね」

顔が信じられないぐらい小さい。私の四分の一ぐらいの大きさだ。やっぱりすごくキレイで色っぽい。これが世に名高いナオミ・フェロモンか。よりにもよって、山梨から直行して、カントリー・ホルモンに冒されたままで、こんな強烈なものに会うなんて。もちろん勝負しようなんて気は毛頭ないけれど、これじゃ私があまりにもみじめ過ぎるわ、悲しいわ……。

一緒にいた私の友人も、ナオミさまにすっかり圧倒されたようだ。

「やっぱり本物はすごいわ。カッコいいわ」

とやたら興奮していた。

ナオミさまはひとりでいらしていたようだったので、私は思い切って声をかけた。

「よかったらロビーでお茶でもいかがですか」

私たちは招待客だったので、お茶券をいただいていたのである。ナオミさまはにっこり笑って、

「じゃ、ご一緒します」

とおっしゃった。こういう美人と一緒に歩くのって、すごぉく緊張する。みんながこちらを見ているわ。そりゃ差があり過ぎるけど、今日は仕方ないのよ……。

ロビーのレストランに三人で入った。が、私たちのいただいていたのは、お茶券じゃなくてお食事券であった。松花堂弁当が既に用意されていた。私と友人はガツガツ食べ始めたが、ナオミさまは、

「私はまだお腹いっぱいだから」

といっさい手をつけようとしなかった。やっぱり私ら並の女とは、心がけが違うのである。が、とても感じのよい彼女は、そこのヤカンで私たちみんなにお茶をついでくれようとするではないか。

「あー、やめて、やめて」

私が手を出すより先に、友人が悲鳴を上げてひったくった。

「川島さんに、そんなことは似合わないわ。私がします」

私もそう思った。私らがデカいヤカンを持つのはよいが、ナオミさまが持ってはいけない。やはりワインのグラスしか似合わない方である。ナオミさまが言うには、ほとんど毎日のようにワインを召し上がっているとか。それでこのスリムさは、いったいどういうことであろうか。

ナオミさまは「名刺代わりに」とおっしゃって、脂取り紙をくださった。すごく使いやすいんだそうだ。

次の日、私はすっかり反省して、すぐに美容院へ行った。ネイルサロンも予約した。二

日後そこへ行き、ペディキュアもしっかりしてもらった。私は今回のことで教訓を得た。

カントリー・ホルモンに冒されている時ほど、なぜか美人に会いやすいものである。気をつけよう、手抜き一分、イメージ一生。

そして美人に会っても決してめげない。少しでも得るものをもらい、明日への糧とする反省こそ、向上心につながるものである。

五割増しの女

世の中には、異様に写真映りとテレビ映りのよい人がいる。実際に会うとそれほどでもないのに、写真に撮られるとぐっと美人に変身する。

そこへいくと、私ぐらい不利な女がいるだろうか。私は初めての人に会うと、

「こんなに背が高いとは思わなかった」

「思っていたより痩《や》せているのね」

と必ずこの二点を口にされる。それじゃあ、私のことをいったいどんなにチビでデブだと思っていたというんだ。私に対して、いかにひどいイメージが流布されているかという証拠である。口惜しい。

ある時、インタビュー番組を見ていたら、若手の女優さんが出ていた。肌の美しさとい

い、黒目がちの大きな瞳《ひとみ》といい、完璧《かんぺき》といっていいほどの顔だ。美人というのは、こういう人のことをいうのだろうと、私はすっかり感心してしまった。そのことを編集者に言うと、

「ダメですよ、あのコは」

と即座に否定された。顔は確かに綺麗なのだが、背が低く胴体がとても長い。近くで見るとびっくりするぐらい顔が大きいんだそうだ。

「だからテレビでバストアップするとまあ見られるんだけど、今はそういう時代じゃないから。服のセンスが悪いのも、人気がいまひとつ出ない原因かな」

彼女に言わせると、今は松嶋菜々子ちゃんとか藤原紀香ちゃんなど、モデル出身のスタイル抜群、しかも顔がうんと綺麗という女優さんが出てきている。だから彼女みたいなコは負けちゃうんだそうだ。

しかしそうはいっても、芸能人を直で見られるのはごく限られた人たちである。女優の○○子ちゃんの顔がデカくて、五頭身だということを誰が知ろう。みんなが好きなシンガーの○○夫は、一度会ったことがあるけどすごいチビだったぞ。まあ芸能人というのは、ブラウン管をとおしていかに輝くかという人たちであるから、たいていのことは許そう(エラそうだな)。けれども私がズルイ、と思うのは芸能人以外で美人のイメージが高いが、実際はそんなことないという人たちであろう。

名前を出せないのがつらいが、写真を撮るとえらく知的な美女に見えるのだが、本人はどうってことのない某有名人がいる。どうってことがないどころか、かなりアホっぽい感じでスタイルもよくない。私は彼女の素敵なポートレイトを見るたびに「ズルイ!」と歯ぎしりするのである。

私はごくたまにテレビカメラを向けられたりすると、さっと緊張する。顔がこわばり、もともと下がり気味の口角がいっきに下がっていく。恥ずかしいので目を伏せる。すると、もともとの垂れ目がするする下がっていく。愛想よくしようと思えば思うほど、すごい早口でぶっきらぼうになる。自分でテレビを見ていても、感じが悪い。

そこへいくと私の友人で、テレビでとても感じよく素敵に映る人がいる。私の夫も、

「君も○○さんみたいに、ニコニコいい感じに映らないのか。少しは勉強しなさい」

という始末だ。私は彼女に聞いてみた。

「ねぇ、どうして実物より十倍ぐらい綺麗にいい感じに映るの。誰か演出家についてレッスンしたの」

彼女はこうアドバイスをしてくれた。私は質問に対して、すぐ答えようとする。拍手の語尾が消えないうちに、それにかぶさって声が発せられるのは、怒っているようで感じがよくないそうだ。

「必ずひと呼吸置くの。質問が終ったら、大きく頷《うなず》く。そしてにっこりする。あなたのお

っしゃること、楽しくてたまらないわ、という風ににっこり笑い続けるの」

これって普段の生活にも使えるのではなかろうか。

これまた違う女友だちであるが、実力以上にモテるのがいる。私は彼女も観察してみた。バーのカウンターで、彼女は必ず男性の方に膝《ひざ》を向ける。そして反応がものすごくいいのだ。私にしてみれば、ただのオヤジネタだと思われることでも、彼女はコロコロと笑いころげる。やだーっと軽く肩をぶったりする。

ふーん、このくらい努力しなくっちゃいけないんであろうか。私はそう面白《おもしろ》くないことに笑いたくはない。好きな男の発したものならば、どんなにつまらぬだじゃれにも爆笑しよう。けれどもその他大勢、もしくはちょっとその上ぐらいのランクにそう気を使いたくないと思う。

が、こういう考え方がいけないんだろうなあ。写真映り、もしくはテレビ映りのいい人というのは、不特定多数の人々にも、好意のオーラが出せる人たちである。顔が派手なつくりの人は得だ、という説もあるが、そう関係はない。

「私を見て。私、みんなのことが大好きなのよ」

そういう無言の電波が出せるからこそ、みんなカッコよく映るのだ。

しかし私もこの頃はちっとは考えてる。下から撮らないで、二重顎《あご》になるから、とカメラマンに注文をつける。出来るだけ自然な笑みで、しかも目尻《めじり》に皺《しわ》をつくらないように喋《しゃべ》る。美人の傍らには立たない、などと日々励んでいるのです。もしテレビや写真で私を見たら、五割増しに考えて欲しい。今回はそれが言いたかったの。

祝！ ダイヤモンド・パーソナリティ賞

ジャーン、この私が今年のダイヤモンド・パーソナリティ賞に選ばれることになった。

これはその年、一番輝いていた女性に贈られる賞で、昨年は黒木瞳さん、一昨年は草刈民代さんとくれば、この賞の意味と価値がおわかりいただけると思う。

私に贈られる理由は、もちろんニンシンしたからじゃない。デビュー以来たえまなく努力して、作家としても女性としても進歩したからだということである。

私はこの朗報をさっそくテツオに話した。

「けっ、別の部門が出来たんじゃねえのか。文化人部門とか、シルバー部門とかよ」

全く失礼なことを言う。

が、私も心配になり過去の受賞者を調べた。するとオリンピックの年には、田村亮子さ

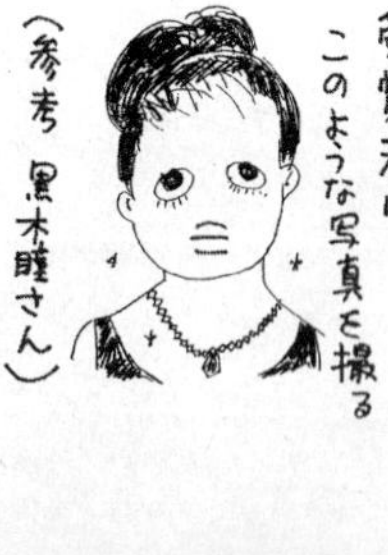
受賞者は
このような写真を撮る
（参考 黒木瞳さん）

ん、有森裕子さん、またゴルファーの岡本綾子さんなど女優さんでなくスポーツ選手の人たちもいることがわかり、ちょっぴりほっとした。

が、事務局の方が言うには、

「おとどしから選考方法がちょっと変わって、授賞式もうんと華やかになりました。マスコミの方をいっぱい呼んで、受賞者はイブニングドレスをお召しになります」

ということである。

そう、そう、昨年は黒木瞳さんの受賞風景をテレビで見て、カッコいいなあと思ったけど、今年は私がその人になるのね。今まで直木賞とか、吉川英治文学賞といったものをいただいたが、文壇関係の授賞式とは全然内容が違う。

それにしても、黒木瞳さんと私は縁があるのネ、とつくづく思う。他の人から見ると、全然共通点がないように思われるであろうが、実はいろいろある。が、それを私が言うと人から殴られそうなので黙っているが、私はずうっと黒木さんのことを意識していたのである。私は昨年の黒木さんを撮ったパンフレットを見た。黒のイブニングドレスに、賞品のダイヤの首飾りの輝きがすっごく綺麗。私も同じような感じになるのね、じゃなかった、撮られるのね、困るわ、どうしよう。

が、ついていることがひとつある。このところいろんなことがあり、春に比べていっきに八キロ痩せていたのである。

私は例のニンシン騒動で、やたらワイドショーに顔が流れた。そして、私は怒りに燃えた。どこもかしこも、どうして昔のものばっかり流すのであろうか。最近テレビに出演していないこともあるけれど、本人さえ忘れているような映像を使うのだ。あの頃の私は、今よりもずうっと太っていて、歯の矯正もまだだ。エステ通いもしていない。したがって顔のラインがまるっきり違うのだ。

ひどいわ、ひどいわ、私が今年のダイヤモンド・パーソナリティなのよ。黒木瞳さんの後を継ぐ者なのよ。私だって、イメージというものがある……。

ひとり憤慨していたら、テツオが遊びにやってきた。彼は私が、今年の受賞者になったのがどうしても信じられず、証拠の品を見に来たという。私が事務局からの通知を出すと、

「やっぱ、辞退した方がいいんじゃない」

ときた。

「黒木瞳のあとじゃさ、不利っていうもんだよ」

「失礼ね」

私は叫んだ。

「これはね、有力女性誌の編集者たちの投票も入ってるのよ。マスコミに働く人たちがさ、この何年かの私の活躍をちゃんと見ててくれたのよ。世間が私の美と知性を認めたのよ。あんたなんかにガタガタ言われたくないわよッ」

私の剣幕にテッオもおとなしく引き下がったのである。

ところでこの連載のタイトルは「美女入門」である。女がいかに美しく、魅力的になっていくかを私なりに指摘しようというものであるが、教える方が説得力がないもんで、話があちこちにそれてしまった。が、今回、私は大きな教訓を授けよう（エラそうだな）。

女が飛躍的に美しくなる時には、絶対に褒賞というものが必要である。場合によってはミスコンに出るのもよい。オーディションを受けるのもよい。が、これはかなりのレベルの女のコの話。

並前後の女はどうしたらよいだろうか。やはり恋人のひと言である。恋人の言葉こそは、ダイヤモンド・パーソナリティのダイヤの賞品にも匹敵するものだ。私はかつてうんと若い頃、恋人からじろりと腰のあたりを見られ、

「キミもさ、ウエストのあたりをもうちょっとどうにかすれば、グラマーって言われるかもしれないのに」

と言われ、とても傷ついたことがある。こういう冷静な視線って、とても悲しい。恋人はやたらめったら誉めてくれなくては。うちの夫にいたっては、もっとひどく、

「ねえ、私ってキレイだと思う？」

甘えて尋ねたところ、

「いやー、僕は僕なりの感想もあるけど、世間一般のそれと大きく違いそうだから言うの

はばかられる」

ときたもんだ。こういう男性の言葉しか知らない私にとって、ダイヤモンド・パーソナリティ賞がどれほど嬉《うれ》しいかわかるかしら。そう、女もやり方次第で強引に、褒賞をもぎ取れるのだ。

美人礼賛

もうお気づきだと思うけれど、私は綺麗な女の人が好きである。美人でおしゃれだったら、もう全面的に降伏する。

若い頃はくねくねした劣等感があったために、そういうことを素直に認めたくなかったけれど、やっぱり美人はいい。世のため、人のためになっているという感じだ。時々雑誌社の人から、インタビューした女優がすごく感じが悪かったという話を聞く。くわえ煙草をして、スタイリストを怒鳴り散らしたんだそうだ。昔はそういうのにカーッとして、

「許せない！　世の中の人に真実を」

と息まいたこともあるけれど、今は、さもありなんという感じ。

「いいじゃないの、あれだけ綺麗だったらどんなことをしても許されるわよ。あの人が意

地悪だって、私たちに迷惑がかかるわけじゃなし。あの人の恋人か何かだって、それでいいわけでしょう」

とおっとり構える私。何という進歩でありましょう。

あれはもうずうっと遠い日のことになる。私は女友だちと待ち合わせをしていた。彼女はすごく性格はいいのだが、容姿にはあまり恵まれていないというタイプだ。もう二十代も半ばだというのに、ニキビが顔いっぱいに吹き出ている。でもいいコ。その日、私はとてもしゃれた青山のティールームで彼女を待っていた。

やがてドアが開き、入ってきた彼女を見てそれこそのけぞるぐらい驚いた。久しぶりに会った彼女は、すごいイメージチェンジをしていたのだ。広告業界に入った、ということもあったろう。今までお嬢さん風の格好をしていたのが、最先端のパンツルック。おまけに、当時流行《はや》り始めていた刈り上げをしていたのである。

背が低くずんぐりしていて、首が短い彼女に、男のコみたいな刈り上げは少しも似合わなかった。吹き出ものはますます増えたみたいなのに、彼女は全くお化粧もしていない。

私は次第に苛立《いらだ》ってきた。

「こんな素敵《すてき》なお店で、どうしてヘンテコな女と一緒にいなきゃいけないのかしら」

と私は次第に苛立ち、そして最後は彼女に憎しみさえ抱くようになったのである。あの時はごめんね。自分のことを棚に上げてさ、いろいろ意地悪しちゃったわ……と反省しているものの、この気持ち、今でもかなりひきずっているかもしれない私。

うちの秘書は言う。

「ハヤシさんのお気に入りの女性編集者って、すごく可愛いコか美人ですよね。そうでない人に対して、ハヤシさんは冷たいと思う」

あら、イヤだわ、そうかしらん。でも何ていうのかしらん、そうでない人と一緒にいるとどんどんレベルが下がっていくような気がする。やっぱり、私もついでにぐんと引き上げてくれるような人が私は好き。

その中でも最高の人は、Hさんであろうか。彼女は三十代でありながら、ある女性誌の編集長をしている。この世界には珍しいエレガントな話し方をする。正真正銘の美女だ。

かの篠山紀信先生をして、

「そこらの女優よりもずっと美しい」

と言わせている人である。女優の松嶋菜々子ちゃんをもうちょっと大人っぽく、陰影を持たせた、といったらいいだろうか。なんと、かのテツオとケイオー大学の同級生だったという過去をもつが、二人で歩いたとしたらきっとみんなよけると思う。なんか顔が濃すぎる二人であざとくなるはずだ。

さて彼女がどのくらい美人かというと、仕事で金沢へ行ったところ、空港でひとりの男が色紙を持って追いかけてくるではないか。

私のサインが欲しいのね。そうかあ、私って地方でも人気があるのね……。

と色紙を受け取ろうと手を出したところ、彼は私を素通りしてHさんのところへ行くではないか。こんな美人がシロウトのはずはない、きっと女優さんかタレントさんかと思ったらしい。

が、彼女は筋金入りのキャリアウーマンなので、きっと睨《にら》みつけて男を追い払った。

そのHさんが、昨日うちに来てくれた。私が体調を崩していることを心配してくれたのだ。果物を籠《かご》に詰め合わせたのを持ってきてくれたのだけれど、中にヨーグルトとラズベリー、ブルーベリーが入っていた。

「ヨーグルトにこれを入れて召し上がってくださいね」

白いヨーグルトの上に、紫と赤の果実がとても綺麗。おいしくてしゃれた朝食となった。

「Hさんって、持ってくるお土産もしゃれてますよねえ……」

と、うちの秘書も感心していた。

私が大人になり、心の広い人間になったなあとつくづく思えるのは、美人の美点を素直に受け入れられるようになったことだ。

美人は得だ。美人ばっかいい思いをしている。美人なんか何さ。美人は敵だわよ……。

といきりたつ女にならなかったのは、私の何という幸福であったろうか。もっとも才能もなく、努力もしないくせに、いい思いばっかしようとしている中途半端な美女モドキは、今も大嫌いだけどね。その件は、また別の時に……。

美人の報酬

今日は、ダイヤモンド・パーソナリティ賞の授賞式であった。

ダナ・キャランのジャケット、ラメのロングスカートといった、シンプルないでたちの私。一流のヘアメイクの方にしっかり化粧をしてもらい、当日の私は、友人に言わせると、

「女優オーラが出ていた」

そうだ。いやー、こういう図々しいことをさらっと言えるのも、当日まさに女優さんの一日だったからである。ワイドショーのレポーターや週刊誌、スポーツ紙の人たちに囲まれて記者会見をする。その後は、お祝いパーティーに出席。

そして夕方からがスゴイ。女性雑誌の表紙を撮影するために、篠山紀信先生のスタジオへ行ったのである。スタイリストの人が用意してくれた衣裳《いしょう》に着替え、カメラの前に立つ。

ああ、この恍惚《こうこつ》感を何と言ったらよいのであろうか。撮影中はみんな「キレイ、キレイ」と傍らから声をかけてくれるのがマナーというものだ。すると自分が本当に美人ではないか、という錯覚を起こす。

「あのさあー、自分で言うのもナンだけどさー」

私はテツオにさっそく自慢した。

「みんなから、女優オーラが出てたって、言われたのよね、私」

「あー、出てた、出てた」

とテツオ。この男が言葉を二回繰り返す時は、必ず意地の悪いオチがある。

「場末の女優ぐらいのオーラはね」

テツオはこのあいだ、中山美穂ちゃんの撮影に立ち会ったばかりだという。

「いやー、綺麗だったなあ……。本当にいいもん見させてもらいましたっていう感じだったな」

意地の悪いテツオが感心するぐらいだから、美人女優というのは本当にスゴイんだろう。

私は中山美穂ちゃんの本物を見たことはないが、仕事柄、対談などで女優さんにお目にかかることがある。ある時、某美人女優さんと会うことになった。約束の時間を過ぎても、彼女は隣の部屋でヘアメイクさんがかかりっきりだ。やっと現れた。意外であった。写真やテレビで見るのとちょっと違っていた。肌が荒れていてびっくりした。ところどころ白墨を塗ったみたいに、コンシーラーが塗られていてすごくヘン。ところが出来上がった写真を見て驚いた。透き通るような美しい肌に写っているではないか。あの白墨みたいなコンシーラーは、モノクロ写真を充分計算したものだったのだ。ヘアメイクさんもエラいが、女優さんもエラい。どっちもプロに徹している。

ところで私たち庶民の女は集まると、どんな顔に生まれたかったかと話すことがある(なんか情けない話題であるが)。

「私はやっぱり、キョンキョンかな」

とA子。

「年とらない可愛さだし、誰からも好かれそうだもん」

「私は藤原紀香の顔とボディ」

「もうちょっと若かったら、吉川ひなのの顔をいただきたい」

などとみんなお酒を飲みながら、言いたい放題。だが私は、この一、二年、黒木瞳さんと決めているの。

「ああいう顔してたら、どんなに人生楽しいかなあ……。一日だけでいいから、顔を貸して欲しいなあ……」

渋谷の街に出て、声をかけてくる男を片っぱしから無視する。それから好きな男の人に会って愛を告白させる、などと馬鹿な夢をしばらく語り合う。

黒木瞳さんも私たちの間では人気があるが、二番目ぐらいは○○さんであろう。彼女の非のうちどころのない美貌《びぼう》というのに、私たちはすごく憧《あこが》れている。

ところがある日、テレビ局に勤める友人と食事をすることになった。

「○○って綺麗《きれい》よねえ、あの人のCMが流れるたび、私、うっとりしちゃうのよ」

私が言うと、相手は、ふふっと笑った。

「○○って、有名なレズだよ」

「えーっ、何ですって」

のけぞるほど驚いた私。

「だってあの人、あんな美人なのにまるっきり男の噂が立たないでしょう。それに彼女、ドラマの中でラブシーンやベッドシーンやってるの見たことある？　もう脚本の段階で拒否されるんだから」

私はすっかり嬉しくなり、友人に電話をかけまくった。

生まれついての美しさに恵まれ、その美しさを十二分に享受していると思っていた女優さんにも、そんな人がいたのね。人生って、そうでなけりゃ。宝の持ち腐れといおうか、もったいないことしてるのね。なんかすごく嬉しい。

私は、もちろんテツオにもこの話をした。が、彼は信じてくれない。

「あんたみたいな女が、やっかみからつまんない噂を流すんだよね」

と、つれない言い方である。美人はどこまでいっても庇《かば》ってもらえて、本当に得だ。

そういえば人気俳優のCがホモと教えてあげた時、私の友人は、

「彼が他の女のものにならないと思うと、幸せ」

と言ったものだ。ファンの心理ってそういうものかもしれない。しかし、○○さん、男の人のために使わないなら、あの顔、私におくれ！

紀香と陽子

久しぶりに柴門ふみさん、テツオというゴールデントリオ（!?）で食事をした。

このメンバーだと、話はどうしても芸能界のことになる。私と柴門さんはほぼ同じワイドショー、同じ週刊誌を見ているので、話はツーカーで通じるのだ。私と柴門さんは、先日ある賞の選考会で、秋元康さんと一緒だった。石橋貴明さんと鈴木保奈美さんとの結婚が発表されたのは、次の日のことである。

「秋元さんって、あの時にもう仲よしのイシバシの結婚を知っていたくせに、何も言わなかったのね」

と柴門さんはとても口惜しがっていた。

柴門さん原作の「東京ラブストーリー」でブレイクした保奈美ちゃんであるが、柴門さんはこれといった印象がないそうだ。番組の記者会見の時も、対談の時もとてもおとなしかったという。

「やっぱりもう、中山美穂しかないよねー」

とテツオ。撮影に立ち会って実物を見て以来、あまりの美しさに頭がくらくらしたんだそうだ。

「でもあの人って、昔あのアイドルだったTとつき合っていて、ハワイ旅行にも一緒に行ったんだよ」

と私が言うと、彼はとても怒る。中山美穂という名前を言うと、年増の女は必ずそのことを指摘する。女の底意地の悪さを感じるそうだ。

「今だったら、藤原紀香の時代でしょう」

私は言った。私は紀香ちゃんのファン。ドラマ「あきまへんで！」は毎週見ているし、ファッションだってちゃんとチェックしている（チェックしても、どうにもなるもんじゃないけれどさ）。

「うちの娘も、紀香の大ファンよ。〝あの人、何から何まで大好き〟っていつも言ってる」

柴門さんには高校生のお嬢さんがいるのだ。

「オレがわかんないのはさー」

テツオはイタリアンワインをぐびぐび飲みながら、首を傾げる。

「うちの〃好きな女〃アンケートでも、紀香はすごい人気なんだよね。昔はさー、ああいう風に美人でナイスバディの女って、それだけで女に嫌われたもんだけどさー、どうして彼女って同性にあんなに好かれるんだろう。これってすごく新しい現象なんだよなあ」

たまには、編集者らしいことを口にする。

「あれだけ綺麗で、あれだけスタイルがいいと、嫉妬《しっと》する気も起こらない。女はただ、ひれ伏しちゃうんじゃないの」

と言う柴門さんに、

「じゃあ、斎藤陽子はどうなんだよ」

とテツオ。

「女は紀香が大好きだけど、斎藤陽子のことは嫌いじゃん。だけど男のオレから見ると、どっちも美人でスタイルがよくて、どこがどう違うんだろうと思っちゃうんだよなあ。これって、不思議でたまんないよ」

「全然違うわよ」

私と柴門さんは口を揃えて言った。

「斎藤陽子って、いかにもオヤジ仕様。オヤジに向かって媚《こび》を売ってるの、ひと目で女は見抜くわよ」

「だけどさー、紀香だって男はみんな好きだぜー。色っぽいと思ってるよ」

私たちは、しばらく沈黙した。これって、ものすごくむずかしい問題だ。紀香と陽子、確かに差異を口にするのは困難である。決定的なことをうまく表現出来ないのだ。でもこれって、女性の魅力の根源にかかわる重要なことではなかろうか。私と柴門さんは、うーんと苦悩した。

「これって、知性という問題ではないでしょうか」

私は、おごそかに口を開いた。

「女っていうのは知性っていう言葉の取り扱いに、とても敏感でむっとくるものなのよね。紀香ってとても頭のいいコなんだろうけど、おリコウぶったり、それで売ったりはしない。スタイル抜群で、美人っていう役割に徹している。そこへいくと斎藤陽子って、欲張り過ぎたのよね。美と知性って、二段構えで売ろうとした。男のマスコミも、それで持ち上げた。だけど世の女にしてみれば、わけのわかんないアメリカの大学に留学して、信州の地方アナだったぐらいで、知的って言われちゃたまんないっていう気持ちがあるわけ。あんなレベルで知的なんて、とんでもないっていう反発があるんじゃないの」

「ふうーん、女って本当におっかないなあ」

テツオはため息をつく。

「それにさ、斎藤陽子って選ぶ男がよくない。金持ちのディーラーとか、熊川哲也とか、バブルっぽい男ばっかりなんだもの。女って、よく見てるからね。その女が選ぶ男で、どういう人生をめざしてるか、すごく見抜くのよ」

柴門さんも鋭いことを言う。

が、私は斎藤陽子さんにかなり同情的なの。バブルがはじけてからというもの、彼女のような「上昇志向の強い女」というのはとても嫌われる傾向にある。菅さんの不倫相手と噂される女性しかり、ＢＳ波とか地方局から出てきた女はそれだけで、「野心が強い」というレッテルが貼られる。が、みんながみんな、恵まれたスタートを切るわけではない。そのハンディを乗り越えようと頑張る女がいる。私もそのひとりだ。もしかすると、女たちは斎藤陽子さんに近親憎悪的な思いを、抱いているのかもしれない。けれども、彼女の容姿はとても手の届かないところにある。だから「ヤナ女」というひと言で、すませようとしているのだ。

真夜中のコーディネイトごっこ

最近いろんな理由があって、急に痩《や》せた。こんなことは、私の人生始まって以来初めてである。何しろ食べることにまるっきり興味を失くしてしまったのだ。

痩せるといいことがいっぱいあるが、そのひとつは昔の服が着られるようになったことであろう。昔の服、といっても五、六年ぐらい前のものだ。おととしのものもある。

自分でも不思議なのであるが、私には小さめのサイズを買うという習癖がある。

「ダイエットをしたら、これを着よーっと」

という希望的観測のもとに購入するのであるが、うまくいったためしがない。おまけに最近某ブランドのファミリーセールを友人に頼むことが多くなった。

このファミリーセールは、私のよく着ているブランドが、半額から七割引という夢のようなバーゲンである。

「でもすごい混雑だから、あなたは行かない方がいいわよ。このあいだは女優の○○子が髪ふり乱して買ってたけど、あそこまでしなくってもって、みんなひややかだったわよ。私があなたの好みのものを買ってきてあげるから、任せて」

ということで頼んだことが何度もあるのだが、やはり女同士の気の使い方がある。あんまり大きいものは失礼だと、彼女はいつも小さめのものを買ってきてくれるのだ。私のサイズはセールに出ないということもあるのかもしれないが、おかげでうちは着てないジャケットやワンピースがごろごろしていた。

ところが最近試しに袖《そで》を通したところ、ぴったりではないか。私はいっきに衣裳持ち《いしょうも》ちになった。今年買ったグレイのジャケットやスカートに、おとどし流行《はや》った茶色をどう合わせていくか。これがコーディネイトの妙技というものではなかろうか。知り合いのスタイリストも常々、洋服はすぐに捨てるべきではないと言っている。

「お洋服は何年か置くと発酵してきて、いい味を出してくるのよ」

なるほど、おしゃれと呼ばれる人に、それ、どこで買ったの、と尋ねると、

「五年前のアルマーニよ」

「三年前のプラダ」

という答えがかえってくる。そりゃそうだ、お金持ちのタレントさんじゃない限り、上

から下まで最新のものを着られるわけがない。

私が今まで、いまひとつアカぬけないといおうか、ファッションに自信がなかったのは、このコーディネイト能力に欠けていたためである。普通の人より多少小金を持っている私は、シーズンごとにいっぱい買いまくって、過ぎた日のことなどすっかり忘れてしまっていたのである。

当然のことながら、着なくなったものが増えていく。こういうものは宅配便で田舎の友人や親戚にあげた。ほとんど使っていないバッグや靴は、女性の編集者にプレゼントした。が、今回の体型の変化をきっかけに、私は衣裳棚を点検したのだ。まあ、出てくること、出てくること。革のジャケットだけでも、エルメス（パリの本店で特別オーダーしたもの）、グッチ（ニューヨークで購入）、ロエベ（バルセロナで購入）と三着あった。

しかし、昔のものがすんなりと着られるとは限らない。いちばん大きな問題は、肩パッドである。皆さんもお気づきのように、五年前の肩パッドと今年の肩パッドでは、天と地ほどの差がある。あの頃のパッドは、とにかく大きくて四角いのである。自分ではずしたのであるが、シルエットが大きく狂ってしまった。こういうのは、田舎行きにすることにしよう。

それから、私は以前よく〇〇〇のニットを着ていた。あそこのニットは、ちょっとしたセーターでも当時十万円近くした。クリーニング屋の袋に入ったままのそれらのものが、何枚もある。やはり今見ると、パッドが大きくて型が古い。そうかといって、インナーには着られない。これは友人に頼んで、そのうちフリーマーケットに出すことにしよう。

さてある日のこと、私は原宿でタクシーを拾った。運転手さんは女性である。彼女はバックミラーで私のことをちらちら見て、こう聞いてきたのだ。

「お客さん、ファッションメーカーの人でしょ」

「いいえ、違いますよ」

「だけどさ、着るものがまるっきり違うじゃないの。すっごくおしゃれでさ、普通の人じゃないわよ」

私は嬉《うれ》しくて、この話をさっそくテツオに話した。テツオは嘘だと怒鳴った。

「サイモンさんはホテルに行こうとして、タクシーの運転手に、従業員入り口につけられたんだよ。あんたが、そんなこと言われるはずないでしょう」

でも本当のことだったら。このところ、真夜中にやっているコーディネイトごっこ、着せ替えごっこの成果が上がってきたということではないでしょうか。やったね。

が、さすがのテツオも私が痩せたことは素直に認めた。そして久しぶりに「アンアン」の取材を依頼されたのである。

当日はうんといいカメラマンとヘアメイクの人をつけてくれるそうだ。お洋服は私の手持ちの中から選ぶことになった。よーし、日頃の成果を見せようじゃないか。

なにしろ、私は原宿の真ん中に住んでいるのに、若い人から声をかけられたことがない。

誰も私に気づかず、とても淋《さび》しかったの。

解説

桜沢エリカ（漫画家）

私は今とても緊張しています。それは、生まれて初めて、他人《ひと》様の作品の〃解説〃なんて仕事を引き受けてしまったからです。しかもそれが、林真理子さんの『美女入門』とは！

「美女道を目指すなら、まずここを無事通り抜けてからにおし！」

と無敗の女王から、美女へのパスポートをかけた戦いを挑まれた気分です。逃げて帰りたいのはヤマヤマですが、何を隠そう、私は林さんのエッセイのファンなのです。ここは勇気を持って立ち向かうべきでしょう！

おっと、作家である林さんに〝エッセイ〟のファンなんて、少し失礼でした。

もう少し詳しく言うと、私は林さんご本人のファンなので、林さんの日常や考えを覗《のぞ》いた気分になれるエッセイがとても愉《たの》しみ。

もちろんアンアンの巻末は、コンビニに寄る度、チェックし続けてきました（雑誌自体は面白くないので買わないけど）。

そして、折にふれ登場するコスメやブランドのお洋服に思いを馳《は》せ、

（やっぱり林さん、今シーズンはあのあたりを買ったのねー、サスガ……）

と独りごちたりしているのです。

そんな〝マリコ・チェッカー〟の私が、林さんのエッセイを初めて読んだのは、もう20年以上前になります。

『ギャルズライフ』という雑誌に連載されていたそのエッセイは、当時高校生だった私にとっては驚異でした。

それは、男の子とのつき合いかたとか、腫《は》れぼったいまぶたを二重にする方法とか、ご自身の経験からのお話がたっぷりと書かれていて、それまで私が読んだことのないタイプのものでした。

それはまるで、カッコイイ上級生たちの内緒話の輪の中に、まぎれ込んでしまったようで、

（このおネエさん、こんなことまで突っ込んで話しちゃってイイの⁉）

と、ハラハラしながらも、聞かずにはいられない面白さだったのです。

どんくさい帰宅部で、〝憧《あこが》れの先輩♡〟を持たなかった私にとって、毎回色々なことを教えてくれる林さんは、いつしか私の心の中で「憧れのマリコ先輩（放送部）」となっていったのです。

この人は、一体どんな人なんだろう？

きっとお洒落《しゃれ》でカッコイイに違いない！

『メロン』のチカちゃんみたいなカンジ？

林さんについて、日々夢想していた私。

でもそれは、私に限ったことではないはずです。あの頃、あのエッセイを読んでいたほとんどの女の子たちにとって、林さんは〝憧れの先輩♡〟だったと思います。

デビュー作『ルンルンを買っておうちに帰ろう』の大ヒットが、その最たる証拠。私も発売当日、本屋に走ったのを憶《おぼ》えています。

その後、どんくさい高校生だった私も、漫画家として世の中に出ることができました。林さんの活躍ぶりは、仕事を始めたばかりだった頃の私には、とても大きな励みでした。

思えばこの20年余り、私はずっと林さんの後ろ姿を見ながら、歩いてきたような気がします。

働く女の幸せをみんなが模索する中で、唯一林さんだけが、結婚も出産も何もかも、欲しいものは欲しい、諦《あきら》めなくていい、ということを、身をもって教えてくれた人でもありました。その間ライフステージは様々に変化しましたが、私の、林さんに対する思いは、あの頃とまるで変わっていません。

恋もお洒落も一歩先を行くカッコイイおネエさんのまま、〝憧れの先輩♡〟のままなのです。

それはたぶん、一貫して変わらぬ林さんの芸風のせいもあるでしょう。匠《たくみ》の技とも言えるそれを、『美女入門』をあらためて読んで、私は再確認しました。

ここにくり広げられる林さんの様々な挑戦は、勇気ある先輩の冒険の物語。私たちはそのひとつひとつから色んなことを学び取ることができます。しなくていい失敗や成功への早道、ライバルを少しだけ出し抜く方法、等々。

ずい分大人になって、色んな経験をしてきたはずなのに、気がつけば、そこには何も知らないどんくさい高校生だった自分がいる。

そんな自分を、素直に慈しんでいいのよ、と憧れのマリコ先輩に囁《ささや》かれた気分になっています。

若い世代（といっても私はかなりイイ歳）に、ずっと変わらず、共感を与え励ましを送り続けるのは、そりゃ並大抵のことじゃないでしょう。ものすごい努力とテクニックを要することだと思います。そこが、アンアン巻末で、ずっと裏番長を張っている林さんのスゴさなのです。

初めに〝無敗の女王〟なんて書いたけど、これを読む限りマリコ先輩にもたくさんの失敗やつらい思いがあったのよね、私ももっとがんばらなきゃね、ウン……。

ああ、あの頃に戻った気がして、ついまた独りごちてしまいました。

アンアンの巻末エッセイが続く限り、いくつになっても、どこにいても、林さんは私の、そしてみんなの〝憧れの先輩♡〟であり続けることでしょう。

本書は平成十一年六月、マガジンハウスより刊行されました。

美《び》女《じよ》入《にゆう》門《もん》

林《はやし》 真《ま》理《り》子《こ》

平成14年 3月25日 初版発行
令和7年 6月5日 16版発行

発行者●山下直久

発行●株式会社KADOKAWA
〒102-8177 東京都千代田区富士見2-13-3
電話 0570-002-301(ナビダイヤル)

角川文庫 12391

印刷所●株式会社KADOKAWA
製本所●株式会社KADOKAWA

表紙画●和田三造

ISBN978-4-04-157934-3 C0195

角川文庫発刊に際して

角川源義

第二次世界大戦の敗北は、軍事力の敗北であった以上に、私たちの若い文化力の敗退であった。私たちの文化が戦争に対して如何に無力であり、単なるあだ花に過ぎなかったかを、私たちは身を以て体験し痛感した。西洋近代文化の摂取にとって、明治以後八十年の歳月は決して短かすぎたとは言えない。にもかかわらず、近代文化の伝統を確立し、自由な批判と柔軟な良識に富む文化層として自らを形成することに私たちは失敗して来た。そしてこれは、各層への文化の普及滲透を任務とする出版人の責任でもあった。
一九四五年以来、私たちは再び振出しに戻り、第一歩から踏み出すことを余儀なくされた。これは大きな不幸ではあるが、反面、これまでの混沌・未熟・歪曲の中にあった我が国の文化に秩序と確たる基礎を齎らすためには絶好の機会でもある。角川書店は、このような祖国の文化的危機にあたり、微力をも顧みず再建の礎石たるべき抱負と決意とをもって出発したが、ここに創立以来の念願を果すべく角川文庫を発刊する。これまで刊行されたあらゆる全集叢書文庫類の長所と短所とを検討し、古今東西の不朽の典籍を、良心的編集のもとに、廉価に、そして書架にふさわしい美本として、多くのひとびとに提供しようとする。しかし私たちは徒らに百科全書的な知識のジレッタントを作ることを目的とせず、あくまで祖国の文化に秩序と再建への道を示し、この文庫を角川書店の栄ある事業として、今後永久に継続発展せしめ、学芸と教養との殿堂として大成せんことを期したい。多くの読書子の愛情ある忠言と支持とによって、この希望と抱負とを完遂せしめられんことを願う。

一九四九年五月三日